달섬 세계고전
26

구식의 지주들

니콜라이 고골

Старосветские помещики

구식의 지주들

허선화 옮김

달섬

목차

구식의 지주들

    나는 일반적으로 소러시아 지방에서 구식이라고 불리는 벽지 시골에서 고독하게 살아가는 지주들의 소박한 삶을 매우 사랑한다. 그들은 낡기는 했지만 저마다 다채로워 새로 지은 매끈한 건물과는 대조를 이루는 그림같이 아름다운 작은 집들 같았다. 그 새 건물은 아직 빗물이 벽을 쓸어내린 적도 없고, 초록 곰팡이가 지붕을 덮지도 않았으며, 현관 계단의 회반죽이 벗겨져 붉은 벽돌이 드러나지도 않았다. 나는 때때로 이 평범하지 않은 고독한 삶이 있는 곳으로 잠시 떠나가 보길 좋아한다. 그곳에 있으면 작은 마당을 둘러싸고 있는 말뚝 밖으로, 사과나무와 살구나무가 가득한 정원을 감싸고 있는 윗가지로 엮은 울타리 밖으로, 한쪽으로 기울어진 모습으로 정원을 둘러싼 버드나무와 양딱총나무, 배나무가 그늘을 드리우고 있는 시골 농가들 밖으로 날아가고 싶은 소망이 전혀 일지 않는다. 그 소박한 지주들의 삶은 너무나 조용해서 당신은 잠시 자신을 잊고 생각하게 된다. 세상을 어지럽히고 있는 악한 영이 불러일으키는 정열과 욕망, 불안은 아예 존재하지 않으며, 그것을 화려하고 번쩍거리는 꿈 속에서만 본 것이라고 말이다. 나는 지금 여기에서 작고 거뭇거뭇해진 나무 기둥들로 만든 회랑이 있는 나지막한 집을 그려본다. 회랑은 집 전체를 빙 둘러싸고 있었다. 천둥이 치거나 우박이 내릴 때는 비에 젖지 않고 창의 덧문을 내릴 수 있었다. 집 뒤로는 향기나는 마하레브 벚꽃과 키 작은 과일 나무들이 줄지어 심겨져 있다. 과일 나무들은 진홍색 벚나무와 광택없는 납빛을 한 살구나무의 호박색 바다 속에 잠겨 있는 것처럼 보인다. 가지가 무성한 단풍나무 그늘에는 휴식을 위해 양탄자가 깔려 있다. 집 앞에는 짧고 신선한 잔디가 펼쳐진 넓은 마당이 있고 창고에서 부엌까지, 그리고 부엌에서 주인의 안채까지 사람들이 지나간 흔적이 있는 길이 나 있다. 목이 긴 숫거위가 솜털처럼 부드러운 새끼 숫거위들과 함께 물을 마시고 있다. 울타리에는 말린 배와 사과가 줄에 엮여 매달려 있고 양탄자가 바람을 쏘이며 걸려 있다. 드냐[1]로 가득 찬 짐수레는 창고 옆에 서 있고, 고삐를 푼 황소는 나른하게 그 옆에 누워있다. 이 모든 광경은 내게 설명할 수 없는 매력을 갖는다. 그 이유는 아마도 내가 더 이상 그것을 볼 수 없기 때문에, 그리고 우리가 이별을 고한 모든 것은 우리에게 사랑스럽기 때문일 것이다. 어쨌든 내 반개 사륜마차가 이 집의 현관으로 다가

---

1 멜론과 유사한 중앙 아시아의 여름철 과일로 단 맛이 강하다.

가기만 해도, 영혼은 놀라울 정도로 유쾌하고 평안한 상태가 되곤 했다. 말들은 신나게 현관으로 달려갔고 마부는 아주 태평하게 마부석에서 내려와 마치 자기 집에 오기라도 한 듯 파이프를 채워넣었다. 느리고 둔한 바르보스, 브로브카, 주치카[2]가 짖는 소리조차 즐겁게 들렸다. 그러나 무엇보다 마음에 든 것은 걱정하는 표정으로 나를 맞이하러 나오곤 했던 이 소박한 벽지의 영주들, 키작은 노인들과 노파들이었다. 지금도 그들의 얼굴은 유행하는 프록코트를 입은 소란스런 군중 속에서 돌아다닐 때 이따금 떠오르곤 한다. 그러면 갑자기 꿈을 꾸는 듯한 기분에 빠져들어 옛 일이 어른거리곤 한다. 그들의 얼굴에는 늘 선량함과 친절함, 솔직함이 너무나 명료하게 나타났기 때문에 당신은 자기도 모르게 찰나의 순간이라도 모든 대담한 꿈을 거절하고 모든 감정은 소박한 전원 생활로 어느덧 빠져들게 된다.

나는 지금까지도 지난 세기의 그 두 노인을 잊을 수가 없다. 아아! 그들은 더 이상 이 세상에 없다. 그러나 나의 영혼은 아직도 연민으로 가득차있다. 시간이 지나 내가 다시 그들의 예전 집, 지금은 황량해진 그 집에 가서 무너져버린 농가, 망가져버린 연못, 원래 낮은 집이 서있던 자리에 풀이 무성한 도랑만 보게 된다고 상상하면 내 가슴은 이상하게 조여든다. 우울하다! 이야

2　개들의 이름이다.

기를 시작하기도 전인데 벌써 우울하다! 그러나 이야기를 시작하도록 하자.

주변 농부들의 표현에 의하면, 아파나시 이바노비치 톱스토굽과 그의 아내 플리혜리야 이바노브나 톱스토구비하야말로 내가 이야기를 시작할 때 말했던 그런 노인들이었다. 만약 내가 화가이고 필레몬과 바우시스[3]를 화폭에 묘사하고 싶다면, 나는 그들 외에 다른 모델을 선택할 수 없을 것이다. 아파나시 이바노비치는 예순 살이었고 플리혜리야 이바노브나는 쉰다섯 살이었다. 아파나시 이바노비치는 키가 컸고 늘 거친 모직천을 댄 양가죽 옷을 입고 다녔다. 그는 몸을 구부리고 앉았고 말할 때도 단지 듣기만 할 때도 항상 미소를 지었다. 플리혜리야 이바노브나는 약간 진지한 편이었고 웃는 법이 거의 없었다. 그러나 그녀의 얼굴과 두 눈을 보면 선량함, 그리고 그들에게 있는 가장 좋은 것으로 기꺼이 당신을 접대하려는 마음을 읽을 수 있었다. 당신은 필시 그녀의 미소가 선량한 얼굴에 어울리지 않을 정도로 지나치게 달콤하다고 생각하게 될 것이다. 그들의 얼굴에 나 있는 가벼운 주름살은 너무나 기분을 좋게 만들어서 화가라면 분명 그

---

3 부부 간의 사랑을 상징하는 신화적인 인물로 프리기아에서 변장하고 다니는 제우스와 헤르메스를 맞이했다. 다른 이들이 제우스와 헤르메스에게 환대를 거부했기 때문에 홍수를 내려 벌을 주려 했던 두 신은 그들 때문에 벌을 내리지 않았다. 그들이 살았던 농가는 신전이 었고 그들은 서로 상대방보다 먼저 죽지 않게 해주기를 간구했다. 늙어서 그들은 나무로 변했다고 한다.

것을 훔치고 싶어할 것이다. 그 주름살을 보면 마치 예로부터 순박하고 부유한 가족이 오랫동안 유지해 온 민족 특유의 맑고 평온한 그들의 전생애가 읽히는 듯 했다. 그들은 타르 제조인이나 소매상에서 간신히 입신양명하여 메뚜기처럼 재판소와 관청을 가득 채우고 자신의 동향인으로부터 마지막 남은 코페이카를 갈취하는 신분낮은 소러시아인들과 항상 대조를 이루었다. 이 소러시아인들은 페테르부르크를 중상자中傷者들로 넘쳐나게 했고, 마침내 자본을 축적하여 '오'로 끝나는 자신의 성에 '브'자를 첨가했다.[4] 그 두 노인은 모든 소러시아의 오래되고 뼈대있는 가문들처럼 이 가엾고 경멸할만한 인간들과 전혀 닮지 않았다. 그들이 서로 사랑하는 모습을 호감없이 바라보는 것은 불가능했다. 그들은 결코 서로를 '너'라고 부르지 않고 '당신'이라고 불렀다. "당신, 아파나시 이바노비치", "당신, 플리헤리야 이바노브나." 이렇게 말이다. "당신이 의자를 눌러 내려앉게 하셨나요. 아파나시 이바노비치?" "신경쓰지 말아요. 화내지 말구려, 플리헤리야 이바노브나. 내가 그런 거라오." 그들은 자녀를 가져본 적이 없기 때문에 그들의 애착은 온통 서로에게 집중되어 있었다. 언젠가 젊었을 적 아파나시 이바노비치는 카자크[5] 군대에서 복무한 적

---

4 우크라이나의 이름은 보통 '오' 발음으로 끝나고 '브' 발음을 첨가시켜 러시아화되었다.
5 러시아나 우크라이나 변방으로 도망간 농노들로 자유민이 되어 살던 이들을 말한다.

이 있었고, 그 후에 대위가 되었지만, 그것은 이미 아주 오래전에 지나간 일이었기 때문에, 아파나시 이바노비치는 그 일에 대해 거의 기억조차 하지 않았다. 아파나시 이바노비치는 서른 살에 결혼했는데, 당시 그는 멋진 청년이었고 수를 놓은 재킷을 입고 다녔다. 그는 플리헤리야 이바노브나의 친척들이 그녀를 그에게 시집보내고 싶어하지 않자 매우 교묘하게 그녀를 납치하다시피 했다. 그러나 그는 그 일에 대해 거의 기억하고 있지 않으며 그에 대해 말하는 법도 결코 없었다. 이 모든 오래된 별난 사건들은 정원을 향해 있는 나무 발코니에 앉아 느끼는 평온하고 한적한 생활, 꿈꾸는 듯하면서도 동시에 어떤 조화로운 공상으로 대체되어 버렸다. 멋지게 내리는 비가 화려한 소리를 내면서 나뭇잎을 때리고, 시냇물을 따라 졸졸 흐를 때, 당신은 온몸에 나른함을 느끼고, 그러는 사이 무지개는 나무들 사이에서 몰래 빠져나와 절반이 부러진 아치 모양을 하고 부드러운 일곱빛깔로 하늘에서 빛난다. 혹은 푸른 관목 사이로 보였다 사라졌다 하며 지나는 마차 위에서 당신의 몸이 흔들릴 때, 초원의 메추라기는 우는 소리를 내고, 향기로운 풀은 곡식의 이삭과 야생화들과 함께 마차의 작은 문으로 비집고 들어와 당신의 팔과 얼굴을 기분좋게 간지럽힌다. 그는 항상 기분좋은 미소를 띠고 찾아오는 손님들의 말을 듣곤 했다. 그도 가끔 말을 하긴 했지만 주로 묻는 편이었다. 그는 항상 옛날을 칭송하고 새로운 것을 비난함으로써 질리게 만드는 그런 노인들 축에 들지 않았다. 반대로 그는 당신에게 질문을 하면서 대다수 선량한 노인들과 마찬가지로 당신의 삶의 상황과 성공, 실패에 큰 호기심과 관심을 보였다. 비록 그 관심이 당신과 이야기하면서 당신의 시곗줄을 쳐다보는 어린 아이의 호기심과 약간 비슷하기는 하지만 말이다. 그럴 때 그의 얼굴은 선량함으로 숨쉬고 있다고 말할 수 있을 정도였다.

우리의 노인네들이 살던 집의 방들은 소러시아에서 흔히 볼 수 있듯이 작고 천장이 낮았다. 방마다 거의 공간의 삼분의 일을 차지하는 거대한 페치카[6]가 있었다. 이 방들은 지독할 정도로 더웠는데, 아파나시 이바노비치와 플리헤리야 이바노브나가 온기를 유독 좋아했기 때문이었다. 아궁이는 모두 현관 쪽에 있었고, 소러시아에서 보통 장작 대신 사용하는 짚이 항상 거의 천장 높이까지 쌓여있었다. 겨울 저녁 갈색 머리 미인의 뒤꽁무니를 쫓아다니다가 몸이 꽁꽁 얼어서 두 손을 비벼대며 집안으로 뛰어들 때, 짚이 탁탁거리며 타는 소리와 그 빛이 현관을 매우 기분 좋게 만들어주었다. 방의 벽은 큰 그림들과 오래된 좁은 액자 속에 끼운 작은 그림들로 장식되어 있었다. 나는 주인들이 이미 오래전에 그 그림들의 내용을 잊어버렸을 뿐 아니라, 그 그림들 중 몇 개를 누가 가져가도 분명 알아차리지 못할 것이라고 확신한

---

6 러시아나 우크라이나 주택에서 난방이나 음식 조리를 위해 방 안에 만들었다.

다. 그 중에는 유화로 그려진 두 점의 큰 초상화도 있었다. 하나는 어느 주교의 초상화였고, 다른 것은 표트르 3세[7]의 초상화였다. 파리 자국으로 더럽혀진 라 발리에르 공작 부인[8]이 좁은 액자에서 밖을 내다보고 있었다. 창문 주변과 문 위에는 작은 그림들이 많이 걸려 있었는데, 당신은 그것을 벽에 있는 얼룩이라고 생각하는 데 익숙해졌기 때문에 전혀 쳐다보지 않게 된다. 거의 모든 방의 바닥은 점토로 되어 있었는데, 어찌나 깔끔하게 기름칠을 하여 깨끗하게 유지되고 있었는지 제복을 입은 하인이 잠에서 덜 깨어 게으름을 피우며 빗자루질하는 어느 부잣집의 쪽마루와는 비교도 되지 않을 정도였다. 플리헤리야 이바노브나의 방은 온통 큰 궤짝과 큰 상자, 작은 궤짝과 작은 상자로 가득 차 있었다. 꽃씨, 채소씨, 수박씨를 담은 많은 보따리와 자루가 벽에 걸려있었다. 다양한 색깔의 털실을 공모양으로 말아놓은 것, 반세기 전에 만든 옛날 원피스의 조각들이 구석에 있는 작은 궤짝들 속과 그것들 사이에 쑤셔넣어져 있었다. 플리헤리야 이바노브나는 손이 큰 주부였는데 나중에 어디에 쓸지도 모르면서 모든 것을 모아두었다. 그러나 집에서 가장 놀라운 것은 노래하는 문들이었다. 아침이 밝자마자 문들이 부르는 노래는 집 전체

---

7   1728-62. 1762년에 러시아의 차르가 되어 후에 예카테리나 2세가 된 아내의 교사에 의해 암살되었다.
8   1644-1710. 루이 14세의 총애를 받았던 여인으로 카멜 수도원의 수녀로 생애로 마쳤다.

로 울려퍼졌다. 나는 문들이 왜 노래를 부르는지 말할 수 없다. 녹슨 경첩이 문제인지, 아니면 문을 만든 기술자가 그 속에 어떤 비밀을 숨겨놓았기 때문인지. 그러나 놀라운 것은 문마다 자신만의 소리를 각자 가지고 있다는 것이었다. 침실로 향하는 문은 가장 날카롭고 높은 음으로 노래를 했다. 식당으로 향하는 문은 저음으로 쉰 목소리를 냈다. 현관에 있는 문은 이상한 덜그럭거리는 소리와 더불어 한숨쉬는 듯한 소리를 냈다. 주의를 기울여 그 소리를 들어보면 마침내 이런 소리를 또렷이 듣게 되곤 했다. "이거 큰일이군, 얼어죽겠어!" 나는 많은 사람들이 이 소리를 아주 싫어한다는 것을 알고 있다. 그러나 나는 그것을 매우 좋아한다. 가끔 이곳에서 문들이 삐걱거리는 소리를 듣는 일이 생기면, 나는 갑자기 이 모든 냄새를 맡는 것 같은 기분이 든다. 오래된 촛대 위에 초를 꽂아 불을 밝힌 옛날의 낮고 작은 방, 벌써 식탁에 차려져있는 저녁식사, 열린 창문 사이로 정원에서 식기들이 놓인 식탁을 바라보는 오월의 어두운 밤, 정원과 집, 저 멀리 있는 강을 자신의 울음소리로 덮어버리는 꾀꼬리, 그리고 나뭇가지의 두려움과 사각거리는 소리…그러면 맙소사, 얼마나 긴 추억의 행렬이 내게 찾아오는지! 방안의 의자들은 옛날 물건들이 의례 그렇듯 나무로 만들어 무겁고 튼튼했다. 의자들은 모두 자연 그대로 바니시와 페인트칠을 하지 않았고 높은 등받이는 벌레먹어 있었다. 의자들은 심지어 천으로 덮여 있지도 않았고 요즘에도 주교들이 앉곤 하는 종류의 의자와 약간 닮았다. 구석에 있는 삼각 테이블과 소파 앞에, 그리고 가는 금색 틀로 씌워져 있고 나뭇잎 모양이 벌레먹어 부서지고 파리들이 검은 얼룩을 뿌려놓은 거울 앞에는 사각 테이블이 놓여 있었으며, 소파 앞에는 꽃과 비슷하게 생긴 새들과 새와 비슷하게 생긴 꽃들이 그려진 양탄자가 깔려 있었다. 이것이 우리의 노인네들이 살던 소박한 집을 장식한 것의 전부였다. 하녀방은 줄무늬가 있는 속옷을 입고 있는 젊은 처녀들과 젊지 않은 처녀들로 붐볐다. 플리헤리야 이바노브나는 이따금 그들에게 자질구레한 바느질감을 주거나 열매들을 손질하라고 시켰다. 그러나 그들은 대개 부엌으로 도망가 잠을 자기 일쑤였다. 플리헤리야 이바노브나는 그들을 집 안에 있게 하는 것이 필요하다 생각했고 그들의 품행을 엄격하게 감시했다. 그러나 몇 달이 채 지나지도 않아 처녀들 중 한 명의 몸이 평소보다 불어나곤 해 그녀를 경악시켰다. 그런 일이 더 놀라웠던 이유는 집 안에 총각이라곤 한 명도 없었고, 남자라고는 짧은 연미복을 입고 맨 발로 돌아다니며 먹을 때가 아니면 잠만 자는, 방에서 시중드는 남자 아이 뿐이었기 때문이었다. 플리헤리야 이바노브나는 보통 잘못한 처녀를 책망하고 다시는 그런 일이 없도록 엄한 벌을 주곤 했다. 창문 유리 위에서는 엄청나게 많은 파리들이 윙윙거렸는데, 가끔 말벌의 찌르는듯한 날카로운 소리와 뒹벌의 묵직한 저음이 그 소리를 덮어버리곤 했다. 그러나 촛불이 켜지자마자 이 무리들은 잠을 자기 위해 천장을 검은 먹구름처럼 덮어버리곤 했다.

아파나시 이바노비치는 가끔 풀베는 사람들과 곡식을 거두는 사람들에게 가서 그들이 하는 일을 자세히 들여다보기는 했지만, 농지 경영에는 거의 관심이 없었다. 경영의 모든 부담은 플리헤리야 이바노브바의 몫이었다. 플리헤리야 이바노브나가 하는 살림은 끊임없이 광을 열고 닫는 일, 셀 수 없이 많은 과일과 식물을 절이고 말리고 잼으로 만드는 일이었다. 그녀의 집은 완전히 화학 실험실이라고 할 수 있었다. 사과나무 아래에는 항상 불이 타오르고 있었다. 세 개의 다리를 가진 철로 된 의자 위에서 꿀이나 설탕, 그리고 기억이 나지 않지만 또 다른 무언가로 만든 잼, 젤리, 과자를 담은 솥이나 구리 냄비가 치워진 적은 거의 없었다. 다른 나무 아래에서는 마부가 구리로 된 증류기로 복숭아 잎, 마하레브 벚꽃, 수레국화, 벚꽃 씨앗을 가지고 끊임없이 보드카를 만들곤 했다. 이 과정이 끝날 때쯤 되면 그는 아예 혀를 움직이지 못하는 상태가 되어 어찌나 지독한 헛소리를 해 댔는지, 플리헤리야 이바노브나는 아무 말도 이해하지 못한 채 그를 부엌으로 보내 자도록 했다. 이 모든 것들을 얼마나 많이 끓이고 절이고 말렸던지 그 절반을 농노 처녀들이 먹어치우지 않았더라면 마당이 온통 뒤덮여버렸을지도 모른다. 플리헤리야 이바노브나는 언제나 만일의 경우를 대비해 실제로 필요하다고 계산한 것보다 더 많이 준비하곤 했기 때문이다. 처녀들은 어찌나 먹어댔던지 광으로 숨어들어 온종일 신음을 하며 배가 아프다고 끙끙거렸다. 집안일을 제외한 농사나 다른 경영에 대한 일은 플리헤리야 이바노브나가 알 도리가 없었다. 영지 관리인은 촌장과 한통속이 되어 무자비하게 도둑질을 해댔다. 그들은 마치 자기 것인양 주인의 숲에 들어가 썰매를 대량으로 만들어 가까운 시장에 내다 팔았다. 그뿐 아니라 그들은 이웃 카자크인들이 제분소를 짓도록 모든 우람한 참나무들을 베어갈 수 있게 했다. 한번은 플리헤리야 이바노브나가 숲을 둘러볼 생각을 한 적이 있었다. 커다란 가죽 덮개를 씌운 사륜마차에 말을 매고 마부가 고삐를 흔들어 한때 민병대[9]에서 활약한 적이 있던 말들이 움직이기 시작하자 공기는 이상한 소리로 가득찼다. 갑자기 플루트, 탬버린, 북소리가 들렸다. 못 하나하나 쇠로 된 꺽쇠 하나하나가 내는 소리가 어찌나 컸던지 부인이 마당에서 나설 때면 이백 베르스타[10]나 떨어져 있는 제분소 근처에서도 들릴 정도였다. 플리헤리야 이바노브나는 황폐해진 숲의 끔찍한 모습과 그녀가 어렸을 때 이미 수백년을 살았던 참나무들이 사라진 것을 알아차리지 않을 수 없었다.

---

9 1812년 나폴레옹 군대와 전쟁 당시 자원하여 조직되었던 군대
10 러시아의 거리 단위로 1베르스타는 1,067 미터에 해당한다.

"이게 무슨 일인가, 니키포르." 그녀는 마침 그곳에 있던 관리인에게 말했다. "어째서 참나무들이 이렇게 적어진 건가? 자네 머리카락도 적어지지 않게 조심해야 할걸세." "왜 적어졌냐구요?" 관리인은 평상시처럼 말했다. "없어져 버린 겁니다! 이래저래 없어졌습죠. 벼락을 맞기도 하고 벌레가 먹어치우기도 해서 없어진 겁니다. 마님, 그래서 없어졌습죠."

플리헤리야 이바노브나는 이 대답에 완전히 만족해 집에 돌아와서는 스페인 벚나무와 키가 큰 겨울 배나무가 심겨진 인근 정원의 경비를 두 배로 강화하라고 지시했다. 이 훌륭한 관리자들인 관리인과 촌장은 밀가루 전부를 주인의 창고에 들여놓는 것이 전혀 불필요하며 그 절반이면 충분하다고 생각했다. 그나마 들여놓은 그 절반조차도 곰팡이가 피거나 물에 젖어있어 시장에서 불합격품으로 판정받았다. 관리인과 촌장은 많이도 훔쳐갔고 창고 관리인부터 시작하여 돼지에 이르기까지 집안의 모든 거주자들은 많이도 먹어치웠다. 이 돼지들은 엄청나게 많은 살구와 사과를 먹어없애고 주둥이로 나무를 흔들어 과일이 비처럼 떨어지게 했던 것이다. 참새들과 까마귀들은 쪼아대었고, 모든 하인들은 다른 마을에 살고 있는 친지들에게 물건을 실어나르고 심지어 창고에서 오래된 아마포와 실도 끄집어냈다. 결국 그 물건들은 모든 것의 원천인 술집으로 되돌아갔다. 손님들과 태평스런 마부들과 하인들은 훔치는 것을 멈추지 않았다. 그러나 이 모든 행태에도 불구하고 축복받은 땅은 모든 작물을 어찌나 많이 생산해냈던지, 그리고 아파나시 이바노비치와 플리헤리야 이바노브나는 어찌나 필요한 것이 없었던지, 이 모든 끔찍한 약탈은 그들의 살림살이에서 전혀 눈에 띠지 않았다.

두 노인은 구식 지주들의 오랜 습관에 따라 먹는 것을 무척 좋아했다. 날이 밝고 (그들은 항상 일찍 일어났다) 문들이 불협화음을 내며 콘서트를 시작하자마자 그들은 이미 작은 식탁에 앉아 커피를 마셨다. 커피를 마시고 나면 아파나시 이바노비치는 현관으로 나가 손수건을 흔들면서 "워이, 워이! 거위들아, 계단에서 물러나거라!"라고 말하곤 했다. 마당에서 그는 종종 관리인과 마주쳤다. 그는 여느 때처럼 관리인과 대화를 하며 일에 대해 아주 꼬치꼬치 물어보기도 하고 그에게 여러 가지 지시를 하기도 했다.

그 후에 아파나시 이바노비치는 방으로 들어와 플리헤리야 이바노브나에게 다가가 말했다. "플리헤리야 이바노브나, 뭐라도 좀 먹을 때가 된 것 같지 않소?" "지금 뭘 먹으면 좋을까요, 아파나시 이바노비치? 돼지기름으로 튀긴 과자, 아니면 양귀비씨가 들어간 파이, 아니면 절인 송이버섯은 어때요?" "송이버섯이든 파이든 다 좋아요." 아파나시 이바노비치가 대답을 하자 식탁에는 갑자기 파이와 송이버섯이 차려진 식탁보가 나타났다.

점심 식사 한 시간 전에 아파나시 이바노비치는 보드카를 낡은 은잔에 따라 마시고 버섯과 여러 가지 말린 생선 등을 또 먹었다. 점심은 열 두시에 먹었다. 식탁에는 접시와 소스 그릇 외에도 옛날식으로 만든 맛있는 요리의 풍미를 잃지 않도록 뚜껑을 꼭 덮은 여러 용기들이 놓여있었다. 식사를 할 때는 보통 요리와 가장 밀접한 대화가 오갔다. "내 생각에는 이 죽이 좀 탄 것 같은데. 당신은 어때요, 플리헤리야 이바노브나?" 아파나시 이바노비치가 보통 이렇게 말하곤 했다. "아니요, 아파나시 이바노비치. 당신, 버터를 조금 더 넣어봐요. 그러면 탄 것 같이 느껴지지 않을 거예요. 아니면 이 버섯 소스를 가져다가 부어봐요." "그러면 되겠군." 아파나시 이바노비치는 이렇게 말하고 자신의 접시를 내밀었다. "한번 해 봅시다. 어떻게 되는지."

점심 식사 후에 아파나시 이바노비치는 한 시간 정도 휴식을 취하러 갔다. 그 후 플리헤리야 이바노브나는 자른 수박을 가져와서 말했다. "자 한번 드셔보세요. 아파나시 이바노비치. 수박이 얼마나 맛있는지 몰라요." "가운데가 빨갛다고 해서 믿지 말아요, 플리헤리야 이바노브나." 아파나시 이바노비치는 이렇게 말하며 제법 큼직한 조각을 집어들었다. "빨간데 맛이 좋지 않은 경우도 있다오."

그러나 수박은 순식간에 사라졌다. 그 후에 아파나시 이바노비치는 배를 몇 개 더 먹고 플리헤리야 이바노브나와 함께 산책을 하러 정원으로 나갔다. 집으로 돌아온 후 플리헤리야 이바노브나는 일을 보러 가고, 아파나시 이바노비치는 마당 쪽으로 난 처마 아래에 앉아서 창고 속에 있는 것이 끊임없이 보였다 안보였다 하는 것과 처녀들이 서로를 밀치면서 나무 상자와 체, 대야, 기타 과일 용기에 온갖 물건을 넣었다 꺼냈다 하는 모습을 지켜보았다. 조금 지나서 그는 플리헤리야 이바노브나를 부르러 사람을 보내거나 직접 그녀에게 가서 말했다. "뭐 좀 먹을 게 없을까요, 플리헤리야 이바노브나?" "뭐가 좋을까요?" 플리헤리야 이바노브나가 말했다. "내가 가서 일부러 당신을 위해 남겨두라고 했던 베리 잼을 가져오게 할까요?" "그거 좋은데." 아파나시 이바노비치는 대답했다. "아니면 푸딩을 드시겠어요?" "그것도 좋지." 아파나시 이바노비치는 대답했다.

저녁식사 전에 아파나시 이바노비치는 또 무엇인가를 먹었다. 여덟시 반이 되자 그들은 저녁식사를 했다. 그리고 식사 후에는 곧바로 잠을 자러 갔다. 모든 것을 덮는 정적이 이 활동적이면서도 평온한 작은 구석에 찾아들었다. 아파나시 이바노비치와 플리헤리야 이바노브나가 잠을 자는 방은 너무나 더워서 그들이 몇 시간 동안 그 안에 머무는 일은 드물었다. 그러나 아파나시 이바노비치는 더 따뜻하게 자기 위해 페치카 위에서 잠을 청하곤 했다. 비록 너무 더워서 한밤중에 몇 번씩 일어나 방 안을 오가곤 했지만 말이다. 가끔 아파나시 이바노비치는 걸으면서 신음을 했다. 그러면 플리헤리야 이바노브나는 이렇게 묻곤 했다. "무엇 때문에 신음을 하시는 거예요. 아파나시 이바노비치?" "모르겠소. 플리헤리야 이바노브나. 배가 조금 아픈 것 같은데." 아파나시 이바노비치가 말했다. "뭐를 좀 드셔보시면 어때요. 아파나시 이바노비치?" "그게 좋을지 잘 모르겠소, 플리헤리야 이바노브나! 그런데 뭘 먹으면 좋겠소?" "신 우유나 말린 배를 넣은 즙은 어때요?" "그러면 한번 먹어볼까." 아파나시 이바노비치는 말했다. 졸린 하녀는 찬장을 뒤지러 갔고 아파나시 이바노비치는 작은 접시 하나를 비우고 이렇게 말하곤 했다. "이제 좀 나아진 것 같구려."

때때로 맑은 날씨에 방이 아주 따뜻하게 덥혀지면 아파나시 이바노비치는 기분이 좋아져서 플리헤리야 이바노브나에게 농담을 하고 뭔가 아무 관계없는 말을 하기 좋아했다. "이봐요, 플리헤리야 이바노브나, 만약 우리 집이 갑자기 불타버리면 우리는 어디로 가지?"라고 그는 말했다. "하느님께서 지켜주시길!" 플리헤리야 이바노브나는 성호를 그으면서 말했다. "말해봐요, 우리 집이 불탄다고 가정해봐요. 그럼 우리는 어디로 이사가지?" "무슨 말을 하시는 거예요, 아파나시 이바노비치! 어떻게 우리 집이 불탈 수가 있어요? 하느님이 허락하시지 않을 거예요." "그래도 만약에 불탄다면?" "글쎄요. 그럼 부엌으로 가면 되지요. 당신은 창고 관리하는 하녀가 쓰는 방을 잠시 사용하구요." "그런데 부엌도 타 버리면?" "갑자기 집과 부엌이 타는 불행에서 하느님이 보호해주시기를! 그러면 새 집을 지을 동안 창고로 가지요." "그런데 창고도 불타버리면?" "무슨 말을 하시는 거예요! 당신 말은 듣고 싶지 않아요! 그런 말을 하는 건 죄예요. 하느님은 그런 말에 벌을 내리실 거예요."

그러나 아파나시 이바노비치는 플리헤리야 이바노브나를 놀린 것이 만족스러워 의자에 앉아 미소를 지었다.

나에게 가장 흥미로웠던 것은 손님이 왔을 때 노인들의 모습이었다. 그때 그들의 집은 완전히 다른 모습을 갖추었다. 이 선량한 사람들은 손님들을 위해 산다고 말할 수 있을 정도였다. 그들은 집에 있는 최고의 것들을 다 내왔다. 그들은 집에서 생산한 모든 것으로 당신을 접대하려고 앞을 다투었다. 그러나 무엇보다 나를 기분좋게 만든 것은 그들의 친절함이 조금도 지나치지 않았다는 것이었다. 그들의 친절함은 온순한 표정에 드러났고 그들에게 너무나도 잘 어울리는 것이어서 나도 모르게 그들의 청에 응하곤 했다. 그것은 그들의 선량하고 소박한 영혼의 맑고 순수한 단순함에서 비롯된 것이었다. 이 친절함은 당신이 애써준 덕분에 출세해서 당신을 은인이라고 부르며 발밑에서 기는 관청의 관리가 대접하는 것과는 성질이 전혀 달랐다. 그들은 절대로 손님을 그날 놓아주지 않았다. 손님은 반드시 그곳에서 밤을 보내야만 했다. "어떻게 이렇게 늦은 시간에 그렇게 먼 길을 떠날 수 있단 말인가요!" 플리헤리야 이바노브나는 항상 이렇게 말했다 (손님은 보통 삼 사 베르스타 떨어진 곳에 살았다.) "그렇구 말구요." 아파나시 이바노비치가 말했다. "무슨 일이 있으면 어떡합니까. 강도나 어떤 나쁜 사람이 덮칠지도 모를 일이지요." "하느님이 강도들에게서 지켜주시기를!" 플리헤리야 이바노브나가 말했다. "밤에 왜 그런 말을 하는 거예요? 강도가 있든 없든 어두워졌으니 가는 건 좋지 못해요. 게다가 당신의 마부란 사람은 또 어떻구요. 나는 당신의 마부를 잘 알아요. 그 사람은 너무 작고 약해서 어떤 말이든 그를 걷어차 버릴 수 있을 거예요. 게다가 분명그는 이미 잔뜩 취해 어디선가 자고 있을 걸요."

그러면 손님은 반드시 남아야 했다. 그러나 나지막하고 따뜻한 방에서 지내는 저녁, 훈훈하고 졸음이 절로 오는 진심어린 대화, 언제나 기가 막히게 조리되어 식탁에 내온 영양이 풍부한 음식에서 피어오르는 김, 이런 것들이 그에게는 보상이었다. 지금도 아파나시 이바노비치가 등을 구부린 채 의자에 앉아 언제나처럼 미소를 띠고 주의를 기울이면서, 심지어 즐거움을 느끼면서 손님의 말을 듣고 있는 모습이 눈에 선하다! 이야기는 정치에 대한 것으로 흘러갔다. 역시나 자신의 마을에서 좀처럼 밖으로 나오지 않았던 손님은 의미심장하고 비밀스러운 표정을 자주 지으며 자신의 추측을 내놓고 프랑스인이 비밀리에 보나파르트를 다시 러시아에 놓아보내기로 영국인과 합의했다는 말을 하기도 하고, 임박한 전쟁에 대해 이야기하기도 했다. 그러면 아파나시 이바노비치는 플리헤리야 이바노브나를 쳐다보지 않으면서 자주 이렇게 말하곤 했다. "나는 직접 전쟁에 나갈거요. 내가 전쟁에 나가지 못할 이유가 무엇이 있겠소?" "또 시작이시구려!" 플리헤리야 이바노브나가 끼어들었다. "이 사람 말은 믿지 마세요." 그녀는 손님 쪽을 보며 말했다. "늙은 양반이 어떻게 전쟁에 나간다는 건지, 원! 첫 번째로 마주치는 병사가 그를 쏠 거예요! 틀림없이 쏠 거라구요! 이 사람을 겨냥해서 쏠 거예요." "그럼 어때." 아파나시 이바노비치가 말했다. "나도 그놈을 쏘면 되지." "이 사람 말하는 것 좀 보세요!" 플리헤리야 이바노브나는 바로 말을 받아쳤다. "어떻게 전쟁터에 간다는 거예요! 이 양반의 권총은 벌써 녹슬어서 헛간에 처박혀 있는데요. 그걸 보시면 아실 거예요. 총을 쏘기도 전에 화약이 폭발해버리고 말걸요. 그러면 손이 잘려나가고 얼굴이 상하고 영원히 불행하게 될 거예요!" "그럼 어떻소." 아파나시 이바노비치는 말했다. "새 무기를 사면 되지. 짧은 검이나 카자크 창을 살거요." "다 꾸며낸 말이에요. 갑자기 머리에 떠오르면 말하기 시작한다니까요." 플리헤리야 이바노브나는 화를 내며 맞받아쳤다. "나는 이 양반이 농담을 한다는 걸 알지만 그래도 듣기가 거북해요. 항상 이런 말만 해서 듣고 있으면 무서워진다니까요."

그러나 아파나시 이바노비치는 플리헤리야 이바노브나를 약간 놀라게 한 것에 만족해서 등을 굽히고 의자에 앉아서 웃곤 했다.

플리헤리야 이바노브나가 나에게 가장 흥미로웠던 순간은 식

사 전에 손님에게 보드카를 권할 때였다. "이것은" 그녀는 유리
병 마개를 따면서 말했다. "서양가새풀과 사루비아로 담근 보드
카예요. 만약에 견갑골이나 허리가 아프면 아주 도움이 된답니
다. 이것은 수레국화로 만든 거예요. 귀가 울리거나 얼굴에 옴
이 생길 때 아주 도움이 되지요. 그리고 이건 복숭아 씨로 증류
한 건데, 한 잔 드셔보세요. 냄새가 얼마나 좋은지. 만약 침대에
서 일어나다가 찬장이나 테이블 가장자리에 부딪혀서 이마에 혹
이 생기면 점심 식사 전에 한 잔 마셔보세요. 마치 아무 일도 없
었다는 듯이 순식간에 씻은 듯 없어져 버린답니다." 그다음에는
항상 무언가 약효를 가지고 있는 다른 술병들을 열거했다. 이 모
든 약에 대한 정보를 손님에게 잔뜩 제공한 후에 그녀는 많은 요
리를 대접했다. "이것은 백리향을 넣은 버섯요리예요! 이건 패랭
이꽃과 호두를 넣은 거구요. 터키인들이 우리 포로로 있을 때[11] 한
터키 여자가 절이는 법을 알려줬지요. 참 착한 여자였어요. 터
키의 신앙을 믿는다는 것을 전혀 드러내지 않았지요. 우리와 똑
같이 행동했는데 다만 돼지고기만은 먹질 않았어요. 그들의 율
법에 금지되어 있다고 하더군요. 이것은 구즈베리 잎과 육두구
열매를 넣은 버섯 요리예요. 이건 커다란 호리병박을 처음 절인
건데 어떨지 모르겠네요. 비법을 이반 신부님이 알려주셨죠. 먼

---

11   18세기 후반에 예카테리나 2세의 군대는 터키에 대항하여 성공적인 전쟁을 수행했다.

저 작은 통에 참나무 잎을 깔고 그 다음에 후추와 초석硝石을 뿌려요. 그 다음에 조팝나무 꽃을 가져다가 꽃자루가 위로 오도록 까는 거예요. 그리고 이건 파이예요! 이건 치즈가 들어간 거구요! 이건 양귀비 씨가 들어간 거예요! 그리고 이건 아파나시 이바노브치가 아주 좋아하는 건데, 양배추와 귀리 죽을 넣은 거랍니다."

"맞아요." 아파나시 이바노비치가 거들었다. "나는 그걸 아주 좋아한다오. 부드럽고 약간 신 맛이 나지요."

플리헤리야 이바노브나는 손님이 있을 때 특별히 기분이 좋았다. 참으로 선량한 노파였다! 그녀는 손님에게 자신을 온통 헌신했다. 나는 다른 손님들처럼 그들의 집에 묵었을 때 건강에 몹시 나쁜 짓임에도 불구하고 지독할 정도로 과식을 했다. 그래도 나는 그들에게 가는 것이 기뻤다. 나는 소러시아의 공기 자체가 소화를 돕는 무언가 특별한 성질을 가지고 있지 않을까 생각한다. 왜냐하면 누군가 이곳에서 배불리 먹고 싶어한다면, 그는 분명 침대 대신에 식탁 위에서 눕게 될 것이기 때문이다.

선량한 노인들! 그러나 나의 이야기는 이 평화로운 구석의 삶을 영원히 바꿔놓은 매우 슬픈 사건을 향해 다가가고 있다. 이 사건은 정말 사소한 일에서 일어났기 때문에 더욱 놀랍게 여겨질 것이다. 그러나 사물의 이상한 질서상 항상 별일 아닌 원인에서 큰 사건이 일어나고, 반대로 큰 계획이 별볼일 없는 결과로 끝나고 마는 것이다. 이를테면 어느 정복자가 나라의 모든 군대를 소집하여 몇 년 동안 전쟁을 하고 그의 휘하에 있는 장군들이 영예를 얻지만, 결국 이 모든 것이 감자 하나 심을 데가 없는 작은 땅 덩어리를 얻는 것으로 끝나는 수가 있다. 그리고 가끔 정반대로 두 도시의 어떤 두 소시지 제조자가 아무 것도 아닌 일로 서로 다투고 그 싸움에 마침내 도시가, 그 후에 촌락과 마을 전체가, 그 후에 나라 전체가 끼어드는 일도 있다. 그러나 이런 논의들은 그만두자. 여기에 어울리지 않으니까. 게다가 나는 논의가 단지 논의만으로 머무는 것을 좋아하지 않는다.

플리헤리야 이바노브나는 항상 그녀의 발밑에 몸을 동그랗게 말고 누워있던 작은 회색 고양이를 키우고 있었다. 플리헤리야 이바노브나는 가끔 고양이를 쓰다듬어주고 손가락으로 목을 간지럽히곤 했다. 그러면 응석받이가 된 고양이는 될 수 있는 한 목을 높이 늘여 올리곤 했다. 플리헤리야 이바노브나가 고양이를 지나치게 사랑했다고 말하기는 어렵다. 그녀는 단지 고양이에게 애착을 가지고 있었고 늘상 보는 데 익숙해져 있었을 뿐이다. 그러나 아파나시 이바노비치는 자주 그런 애착에 대해 농담을 하곤 했다.

"플리헤리야 이바노브나, 나는 고양이한테 무슨 좋은 것이 있는지 도대체 모르겠소. 어디에 쓸 데가 있다고? 만약 개라면 다른 문제지만. 개는 사냥에 데려갈 수도 있지만 고양이는 어디에

쓴단 말이오?"

"그런 말 마세요, 아파나시 이바노비치." 플리헤리야 이바노브나는 말했다. "당신은 그런 말 하는 것만 좋아하지요. 개는 지저분하고 더럽히기만 해요. 모든 걸 깨뜨리고요. 그렇지만 고양이는 조용한 동물이에요. 누구에게도 해를 끼치지 않는다구요."

그러나 아파나시 이바노비치에게는 고양이나 개가 중요한 것이 아니었다. 그는 단지 플리헤리야 이바노브나를 조금 놀려주기 위해서 그런 말을 했던 것이다.

그들의 정원 뒤에는 큰 숲이 있었는데, 그 숲은 진취적인 성격의 관리인이 아주 아끼고 있었다. 아마도 도끼 소리가 플리헤리야 이바노브나의 귀에 들릴지도 모르기 때문이었을 것이다. 숲은 황폐해져 있었고 인적이 드물었다. 오래된 나무 줄기는 무성한 개암나무 덤불로 덮여 있었고 털이 난 비둘기의 발을 닮아있었다. 이 숲에는 야생 고양이들이 살고 있었다. 숲에 사는 야생 고양이를 지붕 위를 뛰어다니는 용감한 고양이와 혼동해서는 안 된다. 그 고양이들은 거친 성격에도 불구하고 도시에 살기 때문에 숲에 사는 녀석들보다 훨씬 더 문명화되어 있었다. 숲의 고양이들은 대부분 음울하고 야생적인 놈들이었다. 녀석들은 항상 앙상하고 마른 몸으로 돌아다녔고 탁하고 다듬어지지 않은 소리로 울어댔다. 녀석들은 가끔 헛간 아래의 땅을 파고 들어와 돼지기름을 훔쳐갔다. 녀석들은 요리사가 풀밭으로 가는 것을 보면 열린 창문으로 갑자기 뛰어들어 부엌에 나타나기도 했다. 녀석들은 고상한 감정이라고는 전혀 몰랐다. 녀석들은 약탈로 살아갔고 어린 참새들을 둥지에서 눌러 죽였다. 이 고양이들은 오랫동안 헛간 아래에 난 구멍을 통해 플리헤리야 이바노브나의 유순한 고양이와 서로 냄새를 맡더니 마침내 병사들이 어리석은 농사꾼 아가씨를 꾀어내듯 그놈을 꾀어냈다. 플리헤리야 이바노브나는 고양이가 사라진 것을 알고 사람들을 보내 찾았지만 고양이는 발견되지 않았다. 삼일이 지났다. 플리헤리야 이바노브나는 애석해 했지만 결국 고양이에 대해 완전히 잊어버리고 말았다. 어느 날 그녀는 텃밭을 확인하고 나서 아파나시 이바노비치를 위해 직접 손으로 신선한 오이를 뽑아 돌아오고 있었다. 그때 그녀의 귀에 애처로운 고양이의 울음소리가 들렸다. 그녀는 본능적으로 "야옹, 야옹!"하고 소리를 냈다. 그러자 덤불 속에서 그녀의 회색 고양이가 야위고 앙상한 모습으로 갑자기 나타났다. 녀석은 며칠 동안 아무 음식도 입에 대지 않은 게 분명했다. 플리헤리야 이바노브나는 고양이를 계속해서 불렀지만 녀석은 가까이 다가올 엄두는 내지 못하고 그녀 앞에 서서 울기만 했다. 녀석은 그 사이 아주 야생동물이 되어버린 게 분명했다. 플리헤리야 이바노브나는 앞으로 다가가서 고양이를 불렀다. 그러자 녀석은 겁을 내며 울타리까지 그녀를 따라왔다. 마침내 이전의 익숙한 장소를 본 녀석은 방 안으로 들어왔다. 플리헤리야 이바노브나는 곧 우유와 고기를 가져오라고 시켰고 고양이 앞에 앉아 자기가 좋아하는 가엾은 고양이가 게걸스럽게 먹는 모습을 즐겁게 바라보았다. 회색의 도망자는 그녀의 눈 앞에서 통통하게 살이 올랐고 더 이상 게걸스럽게 먹지 않았다. 그녀는 손을 뻗어 고양이를 쓰다듬어 주려 했다. 그러나 배은망덕한 녀석은 이미 야생 고양이들에게 너무나 익숙해졌거나, 사랑하면서 가난하게 사는 것이 좋은 집에 사는 것보다 낫다는 낭만적인 성향을 습득한 것 같았다. 야생 고양이들은 지독히도 가난했던 것이다. 어쨌든 녀석은 창문으로 뛰어 달아났고 하인들 중 누구도 녀석을 잡을 수 없었다.

노파는 생각에 잠겼다. "이건 내가 죽을 때가 되었다는 징조야!" 그녀는 혼잣말을 했다. 어떤 것도 그 생각을 흩어놓지 못했다. 그녀는 온종일 침울해했다. 아파나시 이바노브치가 농담을 하고 그녀가 갑자기 왜 그렇게 침울해하는지 알아내려고 해도 소용이 없었다. 플리헤리야 이바노브나는 대답이 없거나 아파나시 이바노브비치가 도저히 만족할 수 없는 답을 했다. 다음날 그녀는 눈에 띠게 홀쭉해졌다.

"무슨 일이오, 플리헤리야 이바노브나? 당신 아픈 거 아니오?" "아니예요. 난 아프지 않아요, 아파나시 이바노브비치! 당신에게 한 가지 특별한 일을 알려야겠어요. 나는 이번 여름에 죽을 거라는 걸 알아요. 죽음이 벌써 가까이 와 있어요!"

아파나시 이바노비치의 입은 고통스럽게 일그러졌다. 그러나 그는 마음속에 일어나는 우울한 감정을 이겨내고 싶었다. 그래서 미소를 짓고는 말했다. "무슨 말을 하는 거요, 플리헤리야 이바노브나! 당신은 늘상 달여 마시던 허브 대신 복숭아 보드카를 마신 것 같구려." "아니예요, 아파나시 이바노비치, 나는 복숭아 보드카를 마시지 않았어요." 플리헤리야 이바노브나가 말했다.

아파나시 이바노비치는 플리헤리야 이바노브나를 놀렸던 것을 후회했다. 그녀를 바라보는 그의 속눈썹에 눈물이 맺혔다.

"내 부탁을 들어주세요, 아파나시 이바노비치." 플리헤리야 이바노브나가 말했다. "내가 죽거들랑 나를 교회 울타리 근처에 묻어주세요. 갈색 바탕에 작은 꽃무늬가 있는 회색 원피스를 입혀서요. 검붉은 줄무늬가 있는 공단 원피스는 입히지 마세요. 죽은 여자에게 그런 원피스가 무슨 소용이예요? 그건 당신에게 필요할 거예요. 그걸로 근사한 가운을 지어 입으세요. 손님들을 맞이할 때 고상해 보일 거예요." "도대체 무슨 말을 하는 거요, 플리헤리야 이바노브나!" 아파나시 이바노비치는 말했다. "죽음이 언젠가는 오겠지만, 당신은 그런 말로 벌써 나를 무섭게 하는구려."

"아니예요, 아파나시 이바노비치. 나는 언제 죽을지 알아요. 나 때문에 슬퍼하지 마세요. 나는 이미 늙었고 살만큼 살았어요. 당신도 늙었으니 우리는 곧 저 세상에서 다시 만날 거예요."

그러나 아파나시 이바노비치는 어린 아이처럼 흐느껴 울었다.

"우는 건 죄예요, 아파나시 이바노비치! 죄짓지 마세요. 슬퍼해서 하느님을 노엽게 하지 마세요. 죽는 건 애석하지 않아요. 내가 슬픈 이유는 단 하나예요.(깊은 한숨이 잠깐 그녀의 말을 중단시켰다.) 내가 죽으면 당신을 누구에게 맡겨야 할지, 누가 당신을 돌봐줄지 몰라서 그게 슬퍼요. 당신은 작은 아이같으니까요. 당신을 돌봐주는 사람은 당신을 사랑해야 해요." 이말을 할 때 그녀의 얼굴에는 너무나 가슴아프고 깊은 연민이 나타나서 누구라도 무심하게 그녀를 쳐다볼 수 없었을 것이다.

"이봐, 야브도하." 그녀는 창고 관리 하녀를 일부러 불러서 말했다. "내가 죽거들랑 주인 나리를 잘 살펴드려. 네 눈처럼, 네 자식처럼 귀하게 여겨드려. 이분이 좋아하시는 음식을 해드리도록 해. 내의와 옷이 항상 깨끗하도록 신경써드려. 손님들이 오거들랑 고상하게 입혀드리도록 해. 안 그러면 이 양반은 오래된 가운을 입고 나가실 테니까 말야. 지금도 이 양반은 언제가 축일이고 언제가 평일인지 구분을 못하시니까. 이 양반한테서 눈을 떼면 안돼, 야브도하. 나는 저 세상에서 너를 위해 기도할 거야. 그러면 하느님께서 너에게 상을 주실거야. 야브도하, 너도 나이가 많고 오래 살지 못한다는 걸 잊어버리지 마. 네 영혼에 죄를 쌓지 말아. 이 양반을 잘 살펴드리지 않으면 너는 이 세상에서 행복하지 못할거야. 내가 하느님께 너를 평안히 죽게 하시지 말아 달라고 구할거야. 너는 불행할 거고 네 자식들도 불행할거야. 너의 후손은 하느님의 어떤 축복도 받지 못할거야."

불쌍한 노파! 그녀는 그때 자신을 기다리고 있는 그 위대한 순간에 대해서도, 자신의 영혼에 대해서도, 자신의 미래에 대해서도 생각하지 않았다. 그녀는 오직 평생을 함께 해온 자신의 가련한 동반자, 이제 의지할 데 없고 보호받을 데도 없이 남겨지게된 사람에 대해서만 생각했다. 그녀는 자신이 떠난 후에 아파나시 이바노비치가 그녀의 부재를 알아차리지 못하도록 모든 것을 아주 빠른 속도로 처리했다. 자신의 죽음이 가까웠다는 그녀의 확신은 너무나 강했고 그녀의 영혼도 그 생각에 완전히 맞춰져있어서 며칠 후 그녀는 실제로 몸져누워 어떤 음식도 받아들이지 못하게 되었다. 아파나시 이바노비치는 그녀 곁을 떠나지 않고 온정성을 기울였다. "뭐 좀 먹어보려오, 플리헤리야 이바노브나?" 그는 걱정스럽게 그녀의 눈을 바라보며 물었다. 그러나 플리헤리야 이바노브나는 아무 말도 하지 않았다. 오랜 침묵 후에 그녀는 마침내 무슨 말인가 하고 싶어하는 듯 입술을 움직였으나 그녀의 호흡이 끊어지고 말았다.

아파나시 이바노비치는 완전히 넋을 잃었다. 이 일은 그에게 너무나 기이하게 느껴져서 그는 눈물도 나지 않았다. 그는 시체가 뭔지 모르는 사람처럼 흐릿한 눈으로 그녀를 쳐다보았다.

사람들은 고인을 테이블 위에 눕히고 그녀가 미리 정해두었던 원피스를 입혔다. 그녀의 양팔은 십자 모양으로 포개졌고 손에는 초가 쥐어졌다. 그는 이 모든 것을 아무 감각없이 바라보았다. 많은 손님이 장례식에 왔고 온갖 계층의 사람들이 마당을 가득 채웠다. 마당에는 긴 테이블이 여러 개 놓였고 쿠티야[12]와 과실주, 파이가 수북이 쌓였다. 손님들은 이야기하고 울고 고인을 쳐다보고 그녀의 성품에 대해 논하면서 그를 바라보았다. 그러나 그는 이 모든 것을 이상하게 쳐다보았다. 마침내 고인을 운구해 나갈 때 사람들은 한 무리가 되어 그 뒤를 따라갔고 그도 그녀 뒤를 따라갔다. 사제들은 의복을 완전히 갖춰 입고 있었다. 태양이 내리쬐고 젖먹이 아기들은 어머니들에게 안겨 울어댔다. 종달새가 울고 루바쉬카[13]를 입은 아이들은 마당에서 소란스럽게 뛰어다녔다. 마침내 관을 구덩이 위에 얹어놓고 사람들은 그에게 가까이 다가가서 마지막으로 고인에게 입을 맞추라고 말했다. 그는 다가가서 입을 맞췄다. 그의 눈에는 눈물이 비쳤지만 그것은 감각이 없는 눈물이었다. 관을 내렸고 사제들은 삽을 들어 첫 흙 한 줌을 구덩이에 던져넣었다. 집사와 두 명의 교회지기가 낮고 느린 목소리로 청명한 하늘 아래서 '영원한 기억'[14]을 노래했다. 일꾼들은 삽을 들었고 금세 흙으로 구덩이를 메워 평평하게 만들었다. 이 때 그는 사람들을 헤치고 앞으로 나아갔

---

12 밀에 꿀을 섞어 끓인 죽으로 건포도나 호두를 넣기도 한다.
13 일상적인 전통 남성의상으로 셔츠와 유사하다.
14 정교 장례식에서 마지막으로 부르는 노래

다. 모두가 자리를 비켜주었고 그가 무엇을 하려는지 궁금해했다. 그는 눈을 들어 주위를 불안한 듯 쳐다보더니 말했다. "당신들이 벌써 그녀를 묻어버렸구려! 대체 무엇 때문에?!..." 그는 말을 멈추고 끝맺지 못했다.

그러나 집으로 돌아와서 그의 방이 텅 비어버린 것과 플리혜리야 이바노브나가 앉아있었던 의자가 치워진 것을 보았을 때 그는 흐느꼈다. 그는 격하게, 위로받을 길 없이 흐느꼈고 흐릿한 눈에서 눈물이 강물처럼 흘러내렸다.

그 때부터 5년이 흘렀다. 시간에 의해 씻겨내려가지 않을 고통이 어디 있겠는가? 어떤 정열이 시간과의 불리한 싸움에서 살아남을 수 있겠는가? 나는 왕성한 젊은 힘이 넘치고 진정한 고결함과 덕을 갖춘 한 사람을 알고 있었다. 그는 부드럽게, 정열적으로, 미칠듯이, 대담하면서도 소박하게 사랑에 빠져 있었다. 그런데 내 앞에서, 거의 내 눈 앞에서 그의 정열의 대상인 천사와도 같이 부드럽고 아름다운 여인에게 만족이라고는 모르는 죽음이 침범했다. 나는 그토록 끔찍한 정신적 고통의 발작, 그토록 미친듯이 모든 것을 태울듯한 고뇌, 그토록 모든 것을 먹어치우는 절망이 불행한 연인을 동요시키는 것을 본 적이 없었다. 나는 사람이 자신에게 그런 지옥을 만들어낼 수 있으리라고 생각해본 적이 없었다. 그 지옥 속에는 희망과 조금이나마 닮은 것이라고는 어떤 그림자도, 어떤 형상도, 그 아무 것도 없었다...사람들은 그에게서 눈을 떼지 않으려고 노력했다. 자살에 사용될 수 있는 모든 무기를 그가 보지 못하도록 숨겼다. 두 주 후 그는 갑자기 스스로 극복한 듯 보였다. 그는 웃고 농담을 하기 시작했다. 사람들은 그에게 자유를 주었는데, 그가 자유를 사용하여 한 첫 번째 행동은 권총을 산 것이었다. 어느 날 갑자기 울린 총소리가 그의 가족을 몹시 경악시켰다. 그들은 그의 방으로 뛰어들었고 그가 두개골이 깨어진 채로 누워있는 것을 발견했다. 의술에 대하여 소문이 자자했던 의사가 마침 그곳에 있어서 그가 살아있으며 상처가 완전히 치명적이지는 않다는 것을 발견했다. 놀랍게도 그는 완전히 나았다. 그에 대한 감시는 더욱 엄해졌다. 사람들은 심지어 그의 가까이에는 식탁에 칼을 놓지 않았고 그가 스스로 때릴만한 것은 다 치우려고 노력했다. 그러나 그는 얼마 지나지 않아 새로운 기회를 찾았고 지나가는 마차 아래로 몸을 던졌다. 그의 팔과 다리가 으스러졌다. 그러나 그는 또다시 회복되었다. 일년이 지난 후에 나는 많은 사람이 모인 홀에서 그를 보았다. 그는 탁자에 앉아 있었고 카드 한 장을 뒤집어 내려놓으면서 즐거운 목소리로 "쁘띠 우베르"[15]라고 말하고 있었다. 그의 뒤에는 그의 젊은 아내가 딴 돈을 골라내면서 그가 앉은 의자에 팔을 기대고 서 있었다.

---

15 '조금 열렸다'는 뜻의 프랑스 카드 게임 용어

앞서 말한 대로 플리혜리야 이바노브나가 사망한 지 5년이 흐른 후에 나는 그 지역을 가 볼 기회가 있었다. 그참에 나는 언젠가 기분좋게 하루를 보냈던 곳, 그리고 항상 친절한 여주인이 만든 최상의 음식으로 배불리 먹곤 했던 곳으로, 내 오랜 이웃을 방문하기 위해 아파나시 이바노비치의 작은 마을을 들렀다. 내가 마당으로 들어섰을 때 그 집은 두 배는 더 낡아보였다. 농부들의 통나무집은 완전히 쓰러져가고 있었다. 그 집주인도 똑같으리라는 것은 의심할 여지가 없었다. 마당에 세워놓은 말뚝과 울타리는 완전히 부서져 있었다. 나는 부엌에서 일하는 하녀가 난로의 땔감으로 쓰기 위해 울타리에서 나뭇조각을 빼내는 것을 직접 보았다. 쌓여있는 나뭇가지를 가지러 두 걸음만 더 걸어가면 되는데도 말이다. 나는 슬픈 마음으로 현관으로 다가갔다. 이제는 눈이 멀거나 다리를 절게 된 예전의 바르보스와 브로브키가 우엉이 매달린 곱슬거리는 꼬리를 위로 치켜올리며 짖어댔다. 나를 맞이하기 위해 노인이 나왔다. 바로 그였다! 나는 곧바로 그를 알아보았다. 그러나 그는 전보다 두 배는 등이 굽어 있었다. 그는 나를 알아보고는 나에게 친숙한 그 미소로 나를 반겨주었다. 나는 그를 따라 방으로 들어갔다. 모든 것이 전과 다름없어 보였다. 그러나 나는 모든 것에서 어떤 이상한 무질서, 무엇인가가 비어있는 것을 느꼈다. 한마디로, 나는 평생을 함께 한 동반자와 한 순간도 떨어지지 않고 지내다가 홀아비가 된 사람의 집에 처음으로 들어갈 때, 우리를 휩싸는 그런 이상한 감정을 느꼈던 것이다. 이 감정은 우리가 늘 건강한 모습으로 알고 지내던 사람이 다리가 없어진 것을 볼 때 느끼는 감정과 유사했다. 섬세하던 플리헤리야 이바노브나의 부재가 모든 것에서 보였다. 식탁에는 손잡이가 없는 칼이 하나 놓여 있었다. 음식은 이미 이전과 같은 솜씨로 준비된 것이 아니었다. 살림에 대해서 나는 묻고 싶지 않았고, 심지어 영지 관리가 어떻게 되고 있는지 살펴보는 것조차 두려웠다.

우리가 식탁에 앉았을 때, 한 처녀가 아파나시 이바노비치에게 냅킨을 둘러주었다. 그녀는 아주 맵시있게 둘러주었는데, 그러지 않았다면 그는 실내복을 온통 소스로 묻혀놓았을 것이다. 나는 뭔가로 그를 재미있게 해주려고 여러 가지 소식을 전해 주었다. 그는 예전과 같이 미소를 띠며 들었지만 때때로 그의 시선은 완전히 무감각했고 그 속에 담긴 생각은 떠돈다기보다는 사라져 버리는 것 같았다. 그는 자주 죽이 든 수저를 들었으나 입으로 가져가는 대신 코로 가져갔다. 포크는 닭고기 조각을 찌르는 대신 유리병을 찔렀다. 그때마다 처녀는 그의 손을 잡아 닭고기 조각으로 가져갔다. 우리는 가끔 몇 분 동안 다음 요리를 기다렸다. 아파나시 이바노비치는 그것을 알아차리고 말했다. "왜 이렇게 오랫동안 음식을 내오지 않는거지?" 그러나 나는 우리에게 요리를 날라주던 사내 아이가 요리 내올 생각은 완전히 잊어버리고 벤치 위에 머리를 눕힌 채 잠들어 있는 것을 문득으로 보았다.

"바로 이 요리가" 스메타나[16]가 든 므니슈키[17]를 내왔을 때 아파나시 이바노비치는 말했다. "이 요리가" 그는 계속했다. 나는 그의 목소리가 떨리기 시작하고 그의 잿빛 눈에서 눈물이 비치는 것을 보았다. 그러나 그는 온 힘을 다해 눈물을 참으려 했다. "이 요리가 고...고...고이...고인..." 갑자기 눈물이 터져나왔다. 그의 팔이 접시 위로 떨어져 접시가 뒤집히고 날아가 산산조각이 났고 소스가 온통 그의 몸에 튀었다. 그는 아무 감각도 없이 앉아서 수저를 들고 있었다. 눈물이 시냇물처럼, 끊임없이 솟아나는 분수처럼 그를 덮고 있는 냅킨 위로 하염없이 흐르고 또 흘러내렸다.

"맙소사!" 나는 그를 보며 생각했다. "모든 것을 파괴하는 5년이라는 시간이 흘렀건만. 이미 무감각해져버린 노인, 그의 삶이 단 한번도 어떤 강한 영혼의 감정으로도 동요하지 않았을 것 같았던 노인, 전생애가 높은 의자에 앉아 있는 것과 말린 생선과 배를 먹는 것, 기분좋은 이야기로만 채워져있을 것 같았던 노인이었는데. 그런데 이렇게 오랫동안 타오르는 듯한 슬픔을 느꼈단 말인가? 우리에게 더 강력한 힘을 발휘하는 것은 무엇일까?

---

16 우유를 발효시켜 농축시킨 크림
17 치즈에 밀가루와 달걀을 섞어 튀겨낸 작은 파이

정열일까 아니면 습관일까? 모든 강력한 충동, 모든 욕망과 들끓는 정열의 회오리가 이는 것은 단지 우리의 나이가 젊은 탓이 아닐까? 단지 그 때문에 그토록 깊고 파괴적으로 느껴지는 것은 아닐까? 어쨌거나 이때 내게는 우리의 모든 정열이라는 것이 이 길고 느리고 거의 무감각한 습관에 비교해 볼 때 유치하게 느껴졌다. 그는 몇 번이나 고인의 이름을 말하려고 애를 썼지만 단어를 다 말하기도 전에 그의 평온한 평상시의 얼굴은 경련을 일으키듯 일그러졌고, 어린아이같은 울음은 내 가슴을 아프게 찔렀다. 아니, 그것은 노인들이 자신의 가련한 처지와 불행을 당신에게 그려보이며 펑펑 우는 그런 눈물이 아니었다. 그것은 펀치 한 잔을 들이키며 떨어뜨리는 그런 눈물도 아니었다. 아니! 그것은 이미 차가워진 가슴의 쏘는 듯한 아픔에서 쌓이고 쌓여 청하지도 않았는데 저절로 흘러내리는 그런 눈물이었다.

그 후 그는 오래 살지 못했다. 얼마 전에 나는그의 죽음에 대해 들었다. 그런데 이상하게도 그가 죽게 된 정황은 플리혜리야 이바노브나의 죽음과 어떤 유사성을 가지고 있었다. 어느 날 아파나시 이바노비치는 정원을 조금 거닐기로 마음먹었다. 그가 평소처럼 아무 생각도 하지 않고 천천히 무심하게 길을 따라 걷고 있을 때, 이상한 일이 일어났다. 그는 갑자기 뒤에서 누군가가 "아파나시 이바노비치!"라고 그를 부르는 분명한 목소리를 들었다. 그는 뒤를 돌아보았다. 그러나 사방을 돌아보고 덤불을 들여다보아도 어디에도 아무도 없었다. 고요한 날이었고 태양이 밝게 빛나고 있었다. 그는 잠시 생각에 잠겼다. 그의 얼굴은 생기를 띠는 듯했다. 마침내 그는 말했다. "이건 분명 플리헤리야 이바노브나가 나를 부르는거야!" 당신도 언젠가 당신의 이름을 부르는 목소리를 분명 들은 적이 있을 것이다. 단순한 민중은 그 현상을 이렇게 설명한다. 누군가를 그리워하는 사람이 그를 부르는 것이고, 그 후에는 죽음을 피할 수 없다고. 나는 고백하건대 항상 이 신비한 부름이 무서웠다. 내가 기억하기로 나는 어린 시절 그 소리를 자주 들었다. 때때로 내 뒤에서 갑자기 누군가가 또렷하게 내 이름을 부르는 것이었다. 그때는 보통 맑고 해가 나는 날이었다. 정원에 있는 나뭇잎 하나도 움직이지 않았다. 죽음과 같은 정적이 흘렀다. 심지어 그때는 귀뚜라미조차 울기를 그쳤고 정원에는 아무도 없었다. 그러나 만약 가장 광포하고 폭풍이 이는 밤, 모든 자연력이 지옥과 같이 날뛰는 밤이 아무도 지나간 적이 없는 숲 한가운데서 나를 덮치더라도 나는 구름 한 점 없는 날의 그 끔찍한 정적만큼 무섭지는 않았으리라고 생각한다. 나는 보통 그럴 때 엄청난 공포를 느끼며 숨을 쉬지 못한 채 정원에서 뛰쳐나왔다. 그때 누군가를 만나면 그 사람의 모습이 이 끔찍한 마음의 황야를 몰아내 주어 비로소 안도할 수 있었다.

그는 플리헤리야 이바노브나가 자신을 부른다는 마음의 확신에 완전히 굴복했다. 그는 순종적인 아이와 같은 의지로 굴복해 몸은 바싹 여위었으며 기침을 했고 초와 같이 녹았다. 그리고 마침내 그 가련한 불꽃을 지탱해 줄 것이 아무 것도 남지 않은 초처럼 꺼져버렸다. "나를 플리헤리야 이바노브나 곁에 묻어주시오." 이것이 그가 죽기 직전에 한 말의 전부였다.

　사람들은 그의 희망 대로 그를 플리헤리야 이바노브나의 무덤 가까이 교회 근처에 묻었다. 장례식에는 전보다 더 적은 수의 사람이 왔지만, 소박한 민중과 가난한 이들은 전과 같이 찾아왔다. 주인의 집은 완전히 텅 비고 말았다. 진취적인 관리인은 촌장과 함께 남겨진 모든 옛 물건들과 창고를 관리하던 하녀가 미처 가져가지 못한 잡동사니 세간을 자신의 통나무집으로 가져갔다. 곧 어디인지 알 수 없는 곳으로부터 어느 먼 친척이 도착했다. 영지의 상속인인 그는 어느 연대에서였는지 기억이 나지 않지만 이전에 중위로 복무했던 대단한 개혁가였다. 그는 곧바로 영지 경영이 아주 무질서하고 태만하다는 것을 알아챘다. 그는 이 모든 것을 반드시 근절하고 고쳐서 모든 면에서 질서를 확립하기로 결심했다. 그는 여섯 자루의 멋진 영국제 낫을 사고 통나무집마다 특정한 번호판을 붙이는 등 너무나 관리를 잘해서 육 개월 후에는 영지가 철저한 감독 하에 놓이게 되었다. 이전의 위원 한 명과 색이 바랜 제복을 입은 어떤 이등 대위가 어찌나 지혜롭게 관리했던지 얼마 지나지 않아 모든 닭과 계란이 다 사라졌다.

거의 땅에 누워있다시피했던 통나무집들은 완전히 무너져 버렸다. 농민들은 술을 퍼마시기 시작했고 대부분 도망간 것으로 간주되었다. 자신의 관리자들과 매우 평화롭게 지내고 그들과 펀치를 마시곤 했던 진짜 영지 주인은 아주 드물게 마을을 찾아왔고 짧은 기간 살다 돌아가 버렸다. 그는 지금까지 소러시아의 모든 시장을 돌아다니며 도매로 팔리는 다양한 중요한 생산물, 밀가루, 대마, 꿀 같은 상품의 가격을 자세히 물어본다. 그러나 정작 그가 사는 것은 부싯돌, 담뱃대를 청소하는 못, 그리고 도매로 사더라도 일 루블이 넘지 않는 사소하고 쓸데없는 것뿐이다.

비이[1]

키예프 브라츠키 수도원[2] 대문에 걸린 신학교의 종은 아침마다 날카로운 소리를 냈다. 종소리가 나자마자 도시의 모든 구석에서 학생들과 신학생들이 나와 무리를 지어 급하게 발걸음을 옮겼다. 문법, 수사학, 철학, 신학을 배우는 학생들[3]이 겨드랑이에 공책을 낀 채 교실로 어슬렁거리며 들어갔다. 문법을 배우는 학생들은 아직 매우 어렸다. 그들은 걸어가면서 서로를 밀치기도 하고 가늘고 날카로운 고음을 내면서 서로 욕을 해댔다. 그들은 거의 너덜너덜 찢어지거나 얼룩이 잔뜩 묻은 옷을 걸치고 있었고, 주머니에는 항상 양뼈로 만든 구슬, 깃털로 만든 호루라

---

1   (원주) 비이는 일반 민중이 상상해 낸 거대한 생명체다. 소러시아에서는 눈꺼풀이 땅까지 내려오는 지신(地神)을 비이라고 부른다. 이 모든 이야기는 민중의 전설이다. 나는 그 이야기에서 어떤 것도 변화시키기를 원치 않았으므로 들은 그대로 단순하게 이야기하고자 한다.

2   형제 수도원이라는 의미를 가진 1615년에 설립된 키예프의 남자 수도원. 교육기관으로서도 유명했다.

3   러시아의 신학교 교육은 낮은 계급에도 개방되어 있었고 국가가 학생들에게 장학금을 원조했다. 따라서 학생들은 반드시 사제가 될 준비를 할 필요가 없었다.

기, 먹다 만 만두, 그리고 심지어 가끔은 작은 참새가 가득 들어 있었다. 그 참새 중에서 갑자기 한 마리가 평상시와 달리 조용한 교실 안에서 짹짹거리며 돌아다니는 바람에 참새 주인은 제대로 양 손바닥을 맞기도 하고, 가끔은 벚나무로 만든 회초리 맛을 보기도 했다. 수사학 학생들은 더 위풍당당하게 걸었다. 그들의 옷은 완전무결했지만, 얼굴은 무슨 수사학의 비유라도 되는 양 거의 항상 무엇인가로 장식되어 있었다. 한쪽 눈이 이마 바로 밑에 푹 들어가 있거나 입술 대신에 물집이나 어떤 다른 자국이 있었던 것이다. 그들은 서로 테너음으로 이야기하고 신을 걸고 맹세를 하곤 했다. 철학생들은 한 옥타브 아래로 이야기했다. 그들의 주머니에는 독한 싸구려 담배 말고는 아무 것도 없었다. 그들은 여분을 전혀 남겨두지 않았고, 눈에 띄는 것은 모두 그 자리에서 해치워버렸다. 때로 그들에게서 담배와 보드카 냄새가 너무 멀리까지 퍼져서 근처를 지나가던 직공이 한참을 멈춰서서 사냥개처럼 공기 냄새를 맡을 정도였다. 보통 이 무렵에 시장이 막 술렁대기 시작했다. 둥근 빵과 흰 빵, 수박씨, 그리고 양귀비씨를 넣은 케익을 파는 아낙네들은 얇은 나사羅紗나 면으로 만든 옷을 입은 학생들의 앞깃을 잡아당기곤 했다. "젊은이! 젊은이! 이리로! 이리로 좀 와 보우!" 그들은 사방에서 소리쳤다. "여기 둥근 빵, 양귀비씨로 만든 케익, 꽈배기, 막 구워낸 빵이 아주 좋다우! 정말이지 아주 좋아! 꿀로 만들었다우! 직접 구웠다구!"

또 다른 아낙네는 밀가루 반죽으로 길게 꼬아 만든 무엇인가를 들어올리면서 소리쳤다. "여기 막대사탕이 있다우, 젊은이, 막대사탕을 사구려!" "저 여자한테서는 아무 것도 사지 마시우. 얼마나 지저분한지 보구려. 코는 못생기고 손은 얼마나 더러운지..." 그러나 그들은 철학생들과 신학생들은 상대하기 싫어했다. 그들은 항상 맛만 보는 데다 한 움큼씩 집어갔기 때문이다. 신학교로 들어와 무리는 교실로 흩어졌다. 천장은 낮았지만 교실은 상당히 널찍했고 창문은 작았지만 문은 넓었고 지저분한 장의자들이 놓여 있었다. 교실은 순식간에 온갖 와글거리는 소리로 가득 찼다. 청취자들은[4] 학생들의 소리에 귀를 기울였다. 문법 수업을 듣는 학생의 높고 날카로운 목소리가 작은 창문에 끼워진 유리에 부딪히면, 유리는 거의 똑같은 소리로 답했다. 한쪽 구석에서는 키와 두툼한 입술로 보아 최소한 철학생처럼 보이는 수사학 학생이 낮은 소리를 내고 있었다. 그는 베이스음으로 소리를 내고 있었는데, 멀리서 들으면 "부, 부, 부..." 소리만 들렸다. 청취자들은 학생들이 공부하는 소리를 들으며 한쪽 눈으로 책상 밑을 쳐다보고 있었다. 책상 밑에서는 신학생의 주머니 밖으로 둥근 빵이나 작은 만두, 혹은 호박씨가 튀어나와 있었다. 이 학

---

4   신학교 등에서 학생들 중 교수가 다른 학생들이 공부하는 것을 감독하도록 임명한 학생을 말한다.

생 무리가 조금 일찍 오거나 교수들이 평소보다 늦게 오리라는 걸 알게 되면, 모두의 동의 하에 싸움이 벌어졌다. 이 싸움에는 모두가 참여해야만 했다. 심지어 질서와 학생들의 품행을 감독할 의무가 있는 선도부까지 가세했다. 보통 두 명의 신학생이 싸움의 방식, 즉 학년별로 대항할 것인지, 모두를 기숙사 학생[5]과 신학생 두 패로 나눠 싸울 것인지를 결정했다. 어떤 경우에든 문법을 공부하는 학생들이 먼저 시작했고, 수사학 학생들이 가세하면 두 명의 신학생은 저만치 달아나서 싸움을 구경하기 좋은 높은 곳에 자리를 잡았다. 그다음에는 검고 긴 콧수염을 기른 철학생들이 나섰고 마지막으로 엄청나게 넓은 바지를 입고 지독히도 목이 굵은 신학생들이 가세했다. 보통 신학생들이 모두를 두들겨 패고 철학생들이 옆구리를 문지르면서 교실로 몰려가 장의자에 앉아 숨을 돌리는 것으로 끝이 났다. 한때 자신도 그런 싸움에 가담했던 교수는 교실로 들어오자마자 학생들의 상기된 얼굴을 보고 싸움이 나쁘지 않았음을 한 순간에 알아차렸다. 그가 회초리로 수사학 학생의 손가락을 때리는 동안 다른 교실에서는 또 다른 교수가 나무 주걱으로 철학생의 손을 찰싹 때렸다. 신학생들을 다루는 방식은 전혀 달랐다. 한 신학 교수의 표현에 따르면, 그들은 '커다란 콩'을 실컷 받았다. 그 말은 짧은 가죽 채찍으

---

5   신학교 안에 있는 기숙사에서 생활하는 학생을 의미한다.

로 실컷 두들겨 맞았다는 뜻이다.

축일이나 휴일이 되면 신학생들과 기숙사 학생들은 인형극을 하면서 집집마다 돌아다녔다. 때로는 희극을 공연하기도 했는데, 그때마다 항상 한 신학생이 두드러지게 눈에 띄었다. 그는 키가 키예프의 종루보다 작았고, 헤로디아[6]나 이집트 왕의 신하[7]의 아내였던 펜테프리야역을 맡곤 했다. 그들은 답례로 아마포 조각이나 수수 한 자루, 혹은 삶은 거위 반 토막 같은 것을 받곤 했다. 신학생들과 기숙사 학생들은 세대를 거쳐 서로 반목해왔다. 먹을거리가 턱없이 부족했는데, 이들 모두는 심지어 유별난 대식가들이었다. 그들 하나하나가 한 끼 저녁식사로 얼마나 많은 할루슈키[8]를 먹어 치우는지 세는 것은 절대 불가능했다. 따라서 부유한 집주인들이 자발적으로 기부하는 것만으로는 충분하지가 않았다. 그럴 때면 철학생들과 신학생들로 이루어진 '원로원'이 철학생 한 명의 지도하에 문법 학생들과 수사학 학생들을 파견했다. 때로는 원로원도 가세하여 어깨에 자루를 메고 남

---

6 복음서에서 유대 지방의 왕이었던 헤롯의 아내로 딸 살로메를 통해 세례 요한의 목을 요구한 것으로 유명하다.

7 성경 창세기에 등장하는 이집트 왕의 신하 보디발을 의미하며 그의 아내의 이름은 성경에는 나오지 않는다.

8 파스타의 일종으로 두껍고 부드러우며 경단의 형태로 먹기도 한다. 슬로바키아, 크로아티아, 폴란드, 우크라이나, 루마니아, 헝가리 등 중부 유럽과 동부 유럽 국가들에서 즐겨 먹는 음식이다. 모양은 일정치 않으며 밀가루나 감자 반죽을 이용한다.

의 채소밭을 싹쓸이하곤 했다. 신학교 기숙사에는 호박죽이 등장했다. 원로원 의원들은 수박과 드냐⁹를 얼마나 배터지게 먹었던지 다음날 청취자들은 그들에게서 두 개의 소리를 동시에 들었다. 하나는 입에서 들렸고, 다른 하나는 뱃속에서 꾸르륵거렸다. 기숙사 학생들과 신학생들은 프록코트 비슷하게 생긴 긴 옷, '여기까지' 펼쳐진 옷을 입고 다녔다. 그것은 발꿈치 아래까지 내려온다는 뜻을 가진 기술적인 용어였다.

신학생들에게 가장 의미 있는 사건은 6월부터 시작되는 방학이었다. 그때가 되면 기숙사 학생들은 보통 흩어져 집으로 돌아갔다. 큰길은 온통 문법 학생, 철학생, 신학생들로 가득 메워졌다. 자기 집이 없는 학생은 동료 중 누군가의 집으로 갔다. 철학생들과 신학생들은 '계약에 따라' 길을 떠났다. 즉, 그들은 부유한 집안의 자제들을 가르치거나 시험 준비를 해주고 그 댓가로 일 년 신을 새 장화를, 운이 좋다면 프록코트를 받았던 것이다. 이 모든 학생들은 마치 유랑민 무리처럼 열을 지어 걸어가며 들판에서 죽을 쑤어먹고 잠을 잤다. 각자 셔츠 한 장과 각반 한 켤레가 들어있는 자루를 끌고 다녔다. 신학생들은 특히 조심스럽고 깔끔했다. 그들은 장화가 닳지 않도록 장화를 벗은 후 막대기에 매달아 어깨에 매고 다녔다. 특히 진창이 나타날 때는 더 그랬다. 진

---

9 중앙아시아 등지에서 생산되는 멜론과 유사한 노란 색의 과일로 단 맛이 풍부하다.

창이 나타나면 그들은 넓은 바지를 무릎까지 접어올린 후 겁 없이 웅덩이를 두 발로 첨벙거리며 걸어갔다. 한쪽에 마을이 보이면 그들은 곧바로 큰길에서 벗어나 가장 깔끔해 보이는 농가로 다가가서는 창문 앞에 줄지어 서서 목청껏 찬송가를 부르기 시작했다. 농가의 주인인 나이 든 카자크인은 두 손으로 턱을 괴고 한참을 들은 후 아주 슬프게 흐느끼고는 아내를 향해 말했다. "마누라! 학생들이 부르는 노래가 아주 의미심장한 것 같구려. 지방 덩어리와 집에 있는 것 좀 내오구려!" 그러면 작은 만두를 담은 대접이 통째로 자루에 들어갔다. 꽤 큼직한 지방 덩어리와 몇 개의 빵 덩어리, 때로는 꼬챙이에 매단 닭 한 마리까지 함께 들어갔다. 그렇게 기운을 차린 후, 문법 학생과 수사학생, 철학생과 신학생은 또다시 가던 길을 계속 재촉했다. 그러나 가면 갈수록 그들의 숫자는 계속 줄어들었다. 거의 모두가 각자 집으로 흩어졌고 부모 집이 더 먼 길에 있는 학생들만 남게 되었다.

한 번은 그런 여행 중에 세 명의 학생이 큰길에서 벗어나 처음 마주치는 농가에서 먹을 것을 보충하기 위해 옆길로 접어들었다. 그들의 자루는 이미 오래전에 텅 비어 있었던 것이다. 그들은 신학생 할랴바, 철학생 호마 부루트, 그리고 수사학생 티베리 고로베츠였다. 신학생은 키카 크고 어깨가 떡 벌어진 사내였는데, 아주 별난 성정을 가지고 있었다. 그는 옆에 놓여 있는 것은 뭐든지 반드시 훔치고야 말았다. 다른 때는 매우 음울한 성격이었으나, 술에 잔뜩 취하면 풀숲에 숨어버렸기 때문에 신학생들이 그를 찾아내려면 꽤 애를 먹곤 했다. 철학생 호마 부르트는 쾌활한 성격이었다. 그는 드러누워 짧은 파이프 담배 피우는 것을 좋아했다. 술을 마실 때면 꼭 악사들을 고용해서 트레팍[10]을 추었다. 그는 '커다란 콩'을 자주 맛보았지만, 정해진 것은 피해 갈 수 없는 법이라며 완벽하게 철학자 다운 무관심으로 넘겼다. 수사학자 티베리 고로베츠는 아직 콧수염을 기르거나 보드카를 마시거나 파이프 담배를 피울 권리가 없었다. 그는 단지 변발을 하고 다녔고 성격은 아직 뚜렷이 발달되지 않았다. 그러나 그가 자주 이마에 혹을 달고 교실에 나타나는 것을 보면 그가 괜찮은 싸움꾼이 되리라는 것을 짐작할 수 있었다. 신학생 할랴바와 철학생 호마는 자주 비호의 표시로 그의 앞머리를 잡아당기기도 하고 심부름을 시키기도 했다.

이미 저녁이 다 되어서야 그들은 큰길에서 벗어났다. 태양은 막 저물었고 대낮의 온기는 아직 공기 중에 남아 있었다. 신학생과 철학생은 파이프 담배를 피우며 말없이 걷고 있었다. 티베리 고로베츠는 지팡이로 길가에 자라난 엉겅퀴 머리를 쳐서 떨어뜨렸다. 여기 저기 흩어져 초원을 덮고 있는 참나무와 밤나무 사이로 길이 나 있었다. 교회의 양파모양 지붕처럼 생긴 초록색 둥근 비탈과 나지막한 언덕이 이따금 평지를 갈라놓고 있었다. 두 군

---

10   러시아 농민춤을 말한다.

데에서 나타난 다 자란 보리밭으로 보아 곧 어떤 마을이 나타날 것 같았다. 그러나 그들이 보리밭을 지난 지 한 시간이 넘었는데도 어떤 집도 눈에 띄지 않았다. 어둠이 이미 하늘을 완전히 뒤덮었고 서쪽에서만 불그레한 빛이 창백하게 남아있었다. "도대체 어떻게 된 거야!" 철학생 호마 부르트가 말했다. "분명 곧 마을이 나타날 것 같았는데."

신학생은 아무 말 없이 주변을 둘러보고는 다시 파이프 담배를 물었다. 그들은 계속 걸었다. "이런!" 또다시 멈춰 선 철학생이 말했다. "악마의 주먹조차 보이지 않다니." "아마 조금 더 가면 마을이 나올 거야." 파이프 담배를 계속 문 채로 신학생이 말했다.

그러나 어느덧 밤이 되었다. 매우 어두운 밤이었다. 조그만 먹구름이 음울함을 더해주었다. 모든 징조로 보건대, 별도 달도 뜨지 않을 것 같았다. 학생들은 길을 잘못 들어섰으며 이미 오랫동안 엉뚱한 데를 걷고 있다는 것을 깨달았다.

발을 사방팔방으로 디뎌보고 나서 마침내 철학생이 끊어지는 듯한 소리로 말했다. "도대체 길이 어디 있는 거야?" 신학생은 말이 없다가 잠시 생각해 보고 나서 말했다. "그래, 너무 캄캄한 밤이군." 수사 학생은 옆으로 비켜가 기어 다니며 길을 더듬어 찾아보려고 했다. 그러나 그의 손에 닿는 것은 여우굴 뿐이었다. 사방이 아무도 지나간 적이 없는 것 같은 초원이었다. 우리의 여행자들은 조금 더 앞으로 가 보려고 기운을 냈다. 그러나 지금까지와 마찬가지로 인적이라곤 그 어디에도 없었다. 철학생은 소리를 질러 보기도 했지만, 그의 목소리는 이내 완전히 잠잠해졌고 아무런 응답도 없었다. 조금 후에 늑대 울음소리 같은 희미한 신음 소리만이 들려왔다. "아, 어떻게 해야 하지?" 철학자가 말했다. "어쩌긴? 이쯤에서 멈춰서 들판에서 자는 수밖에!" 신학생이 말하고는 부싯돌을 찾아내어 다시 파이프 담배를 피우려고 주머니를 뒤적였다. 그러나 철학생은 그 말에 동의할 수가 없었다. 그는 항상 밤에 먹으려고 반 푼드의 큰 빵과 4푼드의 지방 덩어리를 숨겨두는 버릇이 있었다. 그런데 이번에는 뱃속에서 참을 수 없는 고독 같은 것을 느꼈다. 게다가 쾌활한 성격에도 불구하고 철학생은 늑대를 조금 무서워했다. "아니, 할랴바, 그럴 수 없어." 그는 말했다. "어떻게 아무것도 먹지 않고 개처럼 다리를 뻗고 누울 수가 있어? 다시 한번 가보자. 어쩌면 집이 나타나서 밤에 보드카 한 잔쯤은 마실 수 있을지도 모르잖아."

보드카라는 말에 신학생은 옆으로 침을 뱉고는 말했다. "그건 맞는 말이야. 들판에 남아있을 필요는 없지." 학생들은 다시 앞으로 나아갔다. 그리고 멀리서 개짖는 소리가 들리자 무척 기뻐했다. 어느 쪽에서 소리가 나는지 귀를 기울이고 나서 그들은 기운을 내어 걸어갔다. 조금 더 걸어가자 불빛이 보였다. "마을이다! 정말 마을이야!" 철학자가 말했다. 그의 예상은 틀리지 않았다. 몇 분 후에 그들은 정말 마당 하나에 농가 두 채로 이루어진 작은 마을을 보았다. 창문에는 불빛이 새어나오고 있었다. 담장 밑에는 열 그루 정도 살구 나무가 솟아 나와 있었다. 판자 대문 사이로 안을 들여다본 학생들은 마당에 농부의 마차들이 가득차 있는 것을 보았다. 이 무렵 하늘 여기저기서 별들이 모습을 나타 냈다. "형제들, 저길 좀 보게, 꾸물거리면 안돼! 무슨 일이 있더 라도 하룻밤 묵을 곳을 구해야 해!"

세 명의 학자는 힘을 합해 대문을 두드리며 소리쳤다. "문 좀 열어주시오!" 한 농가의 문이 삐걱거리는 소리를 내더니 잠시 후 가죽옷을 입은 노파가 그들 앞에 나타났다. "게 누구요?" 그 녀는 탁한 소리로 기침을 하며 소리쳤다. "할멈, 하룻밤만 재워 주시오. 길을 잃었어요. 들판은 허기진 배만큼이나 끔찍하다고 요." "너희들은 도대체 누군데?" "우리들은 쉽게 화를 내는 사람 들이 아니랍니다. 신학생 할랴바, 철학생 부르트, 수사학생 고로 베츠라고 해요." "안돼." 노파는 퉁명스럽게 말했다. "마당이 사 람들로 꽉 찼어. 집 구석구석이 다 찼다고. 너희들을 어디에 재 워준단 말야? 게다가 하나같이 몸집이 크고 건장한 놈들을! 그 런 놈들을 들였다간 집이 다 무너지고 말걸. 나는 너희 철학생과 신학생들을 잘 알지. 그런 술주정뱅이를 받아들였다간 마당도 남아나지 못할걸. 가! 가! 여기 너희들이 있을 곳은 없어." "자비 를 좀 베풀어요, 할멈! 어떻게 기독교인을 아무 이유없이 죽게 내버려둘 수 있단 말이오? 어디든 좋으니 있게 좀 해 줘요. 우리가 만일 무슨 일이든 저지른다면 팔이 말라 비틀어져도 좋아요. 하느님이 알아서 벌하실거요. 정말이오!"

노파는 조금 누그러든 것 같았다. "좋아." 그녀는 뭔가 생각한 듯 말했다. "너희들을 받아주지. 대신 너희 모두 각자 다른 곳에 재울 테다. 너희들이 같이 있으면 마음이 편치 않을 테니 말이다." "할멈 뜻대로 해요. 반대하지 않을 테니." 학생들은 대답했다.

대문이 삐걱거렸고 그들은 마당으로 들어갔다. "그런데 할멈." 철학생은 노파를 따라가며 말했다. "사람들의 말대로 하자면... 꼭 뱃속에서 누가 마차를 타고 가는 것 같아요. 아침부터 나무조각 하나 입에 대지 못했다오." "이런, 뭘 달라는 거야!" 노파는 말했다. "아무것도 없어. 오늘은 화덕에 불도 지피지 않았다고." "우리가 내일 꼭 값을 치를께요. 현금으로요. 정말이예요!" 철학생은 이렇게 말하고는 조그만 소리로 덧붙였다. "무슨 소리! 받긴 뭘 받아." "저리 가, 저리 가라고! 주는 것으로 만족해야 할 거야. 악마가 이런 애송이 녀석들을 데리고 왔군!"

철학생 호마는 그 말을 듣고는 완전히 우울해졌다. 그런데 갑자기 그의 코에 말린 생선 냄새가 풍기는 것이었다. 그는 옆에서 걷고 있는 신학생의 넓은 바지를 쳐다보았다. 그리고 그의 주머니에서 아주 큼직한 생선 꼬리가 삐져나와 있는 것을 보았다. 신학생은 벌써 마차에서 붕어 한 마리를 재빨리 훔쳐냈던 것이다. 그는 특별한 욕심이 있었다기보다는 단지 습관 때문에 그렇게 했을 뿐이므로, 붕어에 대해서는 완전히 잊어버리고 부서진 바퀴 하나라도 놓치지 않으려는 마음으로 무언가 다른 훔칠 것을 찾아 두리번거리고 있었다. 철학생 호마는 마치 자기 것인 양 그의 주머니에 손을 집어넣어 붕어를 끄집어냈다. 노파는 학생들을 각기 다른 곳에 들여보냈다. 수사학생은 농가에, 신학생은 빈 창고에, 철학생은 역시 비어있는 양 우리에 들였다.

혼자 남게 된 철학생은 순식간에 붕어를 먹어치웠고 우리의 등나무 벽을 찬찬히 살펴보았다. 그리고 다른 우리에서 잠이 깨어 들어온 호기심 많은 돼지의 주둥이를 발로 걷어찬 후 옆으로 돌아누워 죽은 듯이 잠들었다. 그런데 갑자기 나지막한 문이 열리더니 노파가 허리를 구부린 채 우리 안으로 들어왔다. "아, 할멈, 무슨 일이오?" 철학생은 말했다. 그러나 노파는 팔을 쭉 벌리고 그에게 곧장 다가왔다. "아하!" 철학생은 생각했다. "안 될 일이지, 할멈! 당신은 너무 늙었다고." 그는 조금 뒤로 물러섰다. 그러나 노파는 아무 허물없이 그에게 다시 다가왔다. "들어봐요, 할멈!" 철학생이 말했다. "지금은 재계 기간[11]이에요. 나는 금화를 천 개 준다 해도 재계 기간에는 죄를 짓지 않는 사람이라오."

그러나 노파는 두 손을 벌리고는 아무 말도 없이 그를 붙잡았다.

철학자는 노파의 눈이 이상한 광채로 번득이는 것을 보고는

---

11 교회에서 금식을 행하는 기간

무서워지고 겁이 났다. "할멈! 무슨 짓이오? 저리 가요, 제발 가라고요!" 그는 소리를 질렀다. 그러나 노파는 어떤 말도 없이 그를 두 팔로 꽉 붙잡았다.

그는 도망치려고 벌떡 일어섰다. 그러나 노파는 문에 서서 번쩍이는 눈으로 그를 쏘아보면서 다시 그에게 다가오기 시작했다.

철학생은 그녀를 손으로 밀쳐내려고 했으나, 놀랍게도 그의 팔이 올라가지 않고 발도 움직이지 않는다는 것을 알았다. 그는 목소리조차 입에서 나오지 않는다는 것을 알고 공포에 질렸다. 소리 없는 단어들이 입술 위에서 맴돌 뿐이었다. 그는 오직 그의 심장이 뛰는 소리만 들을 수 있었다. 그는 노파가 그에게 다가오는 것을 보았다. 노파는 그의 팔을 붙잡고 그의 머리를 구부리게 한 후 고양이처럼 잽싸게 그의 등에 뛰어올라서는 빗자루로 그의 옆구리를 때리는 것이었다. 그는 말처럼 껑충 뛰면서 그녀를 어깨 위에 올려놓았다. 이 모든 것은 너무나 순식간에 일어났다. 철학자는 겨우 정신을 차리고 다리를 멈추기 위해 두 손으로 무릎을 꽉 쥐었다. 그러나 너무나 놀랍게도 다리는 그의 의지와 상관없이 들어올려져 체르케스[12] 산 경주마보다 더 빠르게 달리는 것이었다. 그들이 마을을 지나고 그들 앞에 평평한 저지대가 나타나고 옆으로는 석탄같이 시커먼 숲이 펼쳐지고 나서야 그는

---

12 카프카즈에 사는 소수민족

혼잣말을 했다. "아이구, 이건 마녀로구나."

하늘에는 한쪽으로 기운 초승달이 빛나고 있었다. 속이 비치는 베일 같은 한밤중의 수줍은 달빛이 안개마냥 땅에 낮게 깔려 있었다. 숲, 초원, 하늘, 골짜기, 이 모든 것이 눈을 뜬 채 잠을 자고 있는 것만 같았다. 바람이라도 어디선가 불어왔으면 싶었다. 밤의 신선함 속에는 무엇인가 축축하고 따뜻한 것이 느껴졌다. 뾰쪽한 쐐기 모양을 한 나무와 덤불 그림자가 완만하게 비탈진 평원으로 혜성처럼 떨어지고 있었다. 철학생 호마 부르트가 등에 불가사의한 기수를 태우고 달리던 밤은 그러한 모습이었다. 그는 뭔가 괴롭고 불쾌한 동시에 심장을 조여오는 달콤한 감정을 느꼈다. 그는 머리를 아래로 숙였다. 거의 그의 발 아래 있었던 풀이 아득히 멀어지는 것 같이 보였고 풀 위로 산 속의 샘물처럼 투명한 물이 흐르는 것이 보였다. 풀은 밝고 투명한 깊은 바다의 밑바닥에 있는 듯 보였다. 그는 등에 앉아있는 노파와 자신이 그 심해에 반사된 것을 분명히 보았다. 그는 그곳에서 달 대신에 태양과 같은 것이 빛나고 있는 것을 보았다. 그는 하늘빛의 초롱꽃 무리가 조그만 머리를 숙일 때 종소리가 나는 것을 들었다. 그는 갈대 숲 뒤에서 헤엄쳐 나온 루살카[13]의 둥글고 탄력있는 등과 다리 전체가 가끔씩 번쩍거리고 떨리는 것을 보았다. 루살카는 그를 향

---

13 러시아 구전문학에 등장하는 초록색 피부와 머리카락을 가진 인어로 주로 호수나 강에 산다.

해 고개를 돌렸다. 밝고 번쩍이는 날카로운 시선을 하고 가슴속으로 파고드는 노래를 부르며 그녀는 그에게 이미 가까이 다가와 있었다. 그녀는 물 표면에 나타나 번쩍이는 웃음을 지으며 몸을 떨더니 멀어져 갔다. 그리고나서 그녀는 몸을 뒤집었다. 유약을 바르지 않은 도자기처럼 광택이 없는 구름 같은 그녀의 가슴이 희고 탄력 있고 부드러운 동그란 가장자리를 따라 태양빛에 빛났다. 작은 물거품이 유리알처럼 그녀의 가슴 위에 흩어지고 있었다. 그녀는 온몸을 떨면서 물속에서 웃고 있었다...

그가 이것을 정말 본 것일까, 아닐까? 이것은 현실일까, 꿈일까? 거기에 있는 것은 무엇일까? 바람 혹은 음악이 울리고 또 울렸다. 소용돌이치고 가까이 다가오면서 무언가 참을 수 없는 전율이 가슴에 파고들었다...

"이게 뭐지?" 철학생 호마 부루트는 전속력으로 질주하며 아래를 내려다보면서 생각했다. 그에게서 땀이 비 오듯 흘러내렸다. 그는 악마 같은 달콤한 감정과 가슴을 찌르는듯한 괴로우면서도 무서운 쾌락을 느꼈다. 그는 이미 오래전에 심장이 없어진 것만 같은 느낌이 자꾸만 들어 공포를 느끼며 가슴을 손으로 움켜쥐었다. 그는 기진맥진해지고 망연자실해져서 알고 있는 모든 기도문을 기억해 내기 시작했다. 그는 악령을 물리치는 모든 주문을 외웠다. 그러자 갑자기 상쾌해지는 느낌이 들었다. 그는 자신의 걸음이 느려지기 시작하는 것과 그의 등을 잡고 있는 마녀의 힘이 약해지는 것을 느꼈다. 울창한 풀숲이 그의 몸에 닿았으나 그는 거기서 더 이상 아무 이상한 것을 보지 못했다. 밝은 초승달이 하늘에서 빛나고 있었다.

"잘 됐어!" 철학생 호마는 속으로 이렇게 생각하며 소리를 내어 주문을 외우기 시작했다. 그리고 마침내 전광석화와 같은 속도로 노파의 몸 아래로 빠져나와 이번에는 자기가 그녀의 등에 올라탔다. 노파는 종종걸음으로 어찌나 빠르게 달렸는지 그녀 위에 올라탄 사람은 숨을 쉴 수도 없을 정도였다. 땅은 그의 아래로 스쳐 지나갔다. 달빛은 아주 밝지는 않았지만 모든 것이 선명하게 보였다. 골짜기는 평평했지만, 그의 눈에는 모든 것이 너무나 빠르고 불분명하며 혼란스럽게 지나갔다. 그는 길에 떨어져 있는 나무토막을 하나 집어 들어 온 힘을 다해 노파를 때리기 시작했다. 그녀는 기괴한 신음 소리를 냈다. 처음에는 화난 듯 위협하는 소리였지만 점점 소리가 약해지고 기분 좋고 맑은 소리를 내더니 그 후에는 조용해져서 은으로 만든 섬세한 작은 종같이 울리며 그의 영혼에 부딪혀왔다. 자기도 모르게 머릿속에서 이런 생각이 번뜩 들었다. "이 여자가 정말 노파가 맞을까?" "오, 더 이상은 못하겠어!" 기진맥진해진 그녀는 소리를 내며 땅에 쓰러졌다. 그는 일어서서 그녀의 눈을 쳐다보았다. 새벽이 밝았고 멀리서 키에프 교회들의 황금 지붕이 번쩍였다. 그의 앞에는 화려하게 많은 머리가 헝클어지고 화살처럼 긴 속눈썹을 가진 미녀가 쓰러져 있었다. 그녀는 아무 감각도 느끼지 못하는 듯 희게 드러난 팔을 양쪽으로 늘어뜨리고 눈물이 가득한 눈을 위로 향한 채 신음하고 있었다. 호마는 나뭇잎처럼 벌벌 떨었다. 그 자신도 알 수 없는 연민과 왠지 모를 이상한 떨림과 수줍음이 그를 사로잡았다. 그는 전력을 다해 달아나기 시작했다. 길을 달리는 동안 그의 심장이 불안하게 뛰고 있었다. 그는 자신을 사로잡은 이상하고 새로운 감정이 무엇인지 도무지 설명할 수가 없었다. 그는 다시는 그 마을로 가고 싶지 않아서 서둘러 키예프를 향해 가면서 여정 내내 이 이해할 수 없는 사건에 대해 여러모로 생각해 보았다. 도시에 학생들은 거의 남아있지 않았다. 모두가 마을로 흩어졌거나 가정교사 일을 찾아 떠나고 없었다. 아무 일 없이 그냥 떠나기도 했는데 소러시아의 마을에서는 돈 한 푼 내지 않고도 할루슈키, 치즈, 스메타나, 그리고 모자 크기의 만두를 얻어 먹을 수 있었기 때문이다. 학생들이 기거했던 다 망가진 큰 집은 텅 비어있었다. 철학생이 집 구석 구석을 다 뒤지고 심지어 구멍이란 구멍과 지붕에 난 문까지 다 더듬어 보았지만 학생들이 습관처럼 숨겨두곤 했던 지방 덩어리 하나, 하다못해 오래된 크니쉬[14] 하나 찾아낼 수가 없었다. 그러나 철학생은 곧 자신의 슬픔을 달랠 방법을 찾아냈다. 그는 휘파람을 불

---

14   유대 음식으로 감자나 쇠고기를 얇은 밀가루 반죽으로 싸서 튀기거나 구운 음식

면서 시장을 세 번 돌았다. 그는 결국 리본과 총알, 마차바퀴를 파는 노란 머릿수건을 쓴 어느 젊은 과부와 윙크를 주고받고는 그날 밀로 만든 만두와 닭고기를 배불리 먹었다...한마디로 작은 벚나무 동산 한가운데 있는 조그만 흙집에서 그를 위해 식탁에 차려진 것은 이루 다 셀 수 없을 정도였던 것이다. 그날 밤 사람들은 철학생을 선술집에서 볼 수 있었다. 그는 습관대로 긴 의자에 누워 파이프 담배를 피우고 있었다. 그리고 모두가 보는 데서 선술집 주인인 유대인에게 금화를 던졌다. 그의 앞에는 손잡이가 달린 컵이 놓여 있었다. 그는 들어오고 나가는 사람들을 냉정하고 만족스러운 눈으로 쳐다보았고 더 이상 자신이 겪은 괴이한 사건에 대해서는 생각하지 않았다.

그러는 사이 모든 곳에 이런 소문이 퍼졌다. 키예프에서 오십 베르스타 떨어진 마을에 어느 부유한 카자크 수령이 사는데, 그의 딸이 어느 날 산책을 나갔다가 심하게 맞고는 간신히 아버지 집에 돌아와 다 죽게 되었다는 것이다. 그리고 죽기 전에 말하기를, 그녀가 죽으면 키예프 신학생 중에 호마 부르트라는 사람이 사흘 동안 그녀를 위해 임종 기도를 하고 계속 기도문을 읽어주기를 바란다는 것이다. 철학생은 일부러 그를 자기 방으로 부른 학장에게 이 일에 대해 들어 알게 되었다. 학장은 지체 없이 떠나야 하며 지위가 높은 수령이 그를 위해 일부러 사람들과 마차 모양의 썰매를 보냈다고 전했다.

철학생은 자신도 설명할 수 없는 이유 모를 감정에 몸을 떨었다. 어두운 예감이 무언가 좋지 않은 일이 기다리고 있다고 그에게 말하는 듯했다. 그는 자기도 이유를 모르면서 딱 잘라 가지 않겠다고 선언했다.

"이봐, 도미누스[15] 호마!" 학장이 말했다. (그는 어떤 때는 자신의 제자들에게 매우 다정하게 대했다.) 아무도 자네한테 가고 싶은지 아닌지 물어보지 않았네. 만약 자네가 계속 만용이나 잔꾀를 부리면 앞으로 바냐에 갈 필요도 없을 정도로 자네 등과 다른 곳을 어린 자작나무 가지로 흠씬 두들겨주라[16]고 명령하겠네."

철학생은 귀 뒤를 가볍게 긁적이면서 아무 말 없이 나왔다. 처음 마주치는 적당한 기회에 달아나야겠다는 기대를 품고서 말이다. 그는 생각에 잠겨 포플러 나무가 심겨진 마당으로 통하는 가파른 층계를 내려와서는 학장의 또렷한 목소리를 듣고 잠시 멈춰섰다. 학장은 자신의 집사와 분명 카자크 수령이 보낸 또 다른 사람에게 명령을 내리고 있었다.

"곡물과 계란을 보내주신 것에 감사하다고 주인께 전해주게나." 학장은 말했다. "그리고 그분이 쓰고 계신 주제에 대한 책들이 준비되면 곧 보내드리겠다고 말씀드리게. 나는 그 책들을 베

---

15 라틴어로 선생이라는 뜻을 담고 있다.
16 바냐는 러시아식 사우나인데, 자작나무로 등이나 몸의 여러 부분을 때려서 혈액순환을 돕는다.

껴두라고 서기에게 이미 넘겼다네. 그리고 여보게, 그 마을에는 좋은 생선과 특히 철갑상어가 많다는 것을 내가 알고 있다는 것도 주인께 잊지 말고 전하게나. 그러면 적당한 기회에 보내주실 수도 있겠지. 이곳 시장에서는 생선이 질이 좋지도 않고 비싸거든. 그리고 야프투호, 저 친구들에게 보드카 한 잔씩 대접하게. 철학생은 묶어두게, 안 그러면 도망치고 말걸세."

"저봐, 악마 자식 같으니라고!" 철학생은 속으로 생각했다. "벌써 냄새를 맡았군. 다리 긴 미꾸라지 같은 놈!"

그는 아래로 내려와 처음에는 바퀴 달린 화덕으로 착각했던 여행용 포장마자를 보았다. 정말로 마차 안은 벽돌을 굽는 가마처럼 깊숙했다. 그것은 유대인들이 50명씩 함께 물건을 싣고 다니며 그들의 코가 시장 냄새를 맡는 곳이면 어느 도시든 달려가는 평범한 크라코프산 마차였다. 꽤 나이가 들어 보이는 여섯 명의 건장하고 힘센 카자크인들이 그를 기다리고 있었다. 장식술이 달린 얇은 천으로 만든 긴 상의가 그들이 꽤 유력하고 부유한 주인을 모시고 있음을 보여주었다. 그리 크지 않은 얼굴의 상처는 그들이 언젠가 전쟁에서 영예롭게 싸웠다는 것을 말해주고 있었다.

"어떡한담? 어쩔 수 없는 건 피할 수 없겠지!" 철학생은 속으로 생각하고 카자크들을 향해 크게 소리쳤다. "안녕하시오, 형제 동지들!" "안녕하신가, 철학생 양반!" 카자크 몇 명이 대답했다.

"그러니까 제가 여러분들과 함께 앉아서 가야 하는 거군요? 대단한 마차로군요!" 그는 마차 안으로 비집고 들어가면서 말했다. "여기에 악사들을 불러다가 춤을 출 수도 있겠는데요." "맞소. 그러기 적당한 마차지요." 마부 옆에 앉으며 한 카자크인이 말했다. 그는 술집에 두고 온 털모자 대신에 천조각을 머리에 두르고 있었다. 다른 다섯 사람은 철학생과 함께 마차의 깊숙한 곳으로 기어들어가 도시에서 산 여러 물건들로 가득찬 자루 위에 자리를 잡고 앉았다.

"궁금한 게 있는데요." 철학생이 말했다. "만약 이 마차에 예를 들어 소금이나 쇠바퀴 같은 물건을 싣는다면, 말이 몇 마리나 필요한가요?" "음." 마부석에 앉아있던 카자크인이 잠시 침묵하더니 말했다. "꽤 많은 말이 필요할 거요." 카자크인은 충분히 만족할 만한 대답을 하고 난 후에 길을 가는 내내 입을 굳게 다물 권리가 있다고 생각하는 듯했다.

철학생은 더 자세히 알고 싶어 안달이 났다. 이 수령이라는 자는 어떤 작자인지, 그의 성정은 어떠한지, 이상한 모습으로 집에 돌아와 다 죽게 되어 이제 그와 사연이 얽히게 된 그의 딸에 대해서는 어떤 말들이 들리는지, 그 집에서는 어떤 일이 일어나고 있는지? 그는 그들에게 질문을 했지만, 카자크인들도 철학자들이었던지 대답 대신 침묵하면서 자루 위에 누워 파이프 담배를 피웠다. 그들 중 한 사람만이 마부석에 앉아있던 마부에게 몸을 돌려 짧게 지시했다. "이봐, 오베르코, 늙은 멍청아. 추흐라이롭스키 도로에 있는 술집에 가까이 다가가면, 잊지 말고 멈춰. 나와 나머지 친구들이 잠들어 있으면 깨워." 이 말을 하고 나서 그는 시끄럽게 코를 골며 잠들어버렸다. 그러나 이 지시는 불필요한 것이었다. 왜냐하면 이 거대한 마차가 추흐라이롭스키 도로에 있는 술집에 가까워지자 모든 사람이 "멈춰!"라고 한 목소리로 외쳤기 때문이다. 게다가 오베르코의 말들은 술집 앞에만 오면 멈추도록 이미 훈련이 되어 있었다. 무더운 7월의 날씨에도 불구하고 모두가 마차에서 나와 천장이 낮은 지저분한 방으로 향했다. 유대인 술집 주인은 오랜 지기들을 만나 기쁘다는 표시로 달려나왔다. 유대인은 의복의 앞깃 속에 돼지고기 소시지 몇 개를 넣어 와서 탁자 위에 올려놓고는 곧바로 탈무드가 금지한 이 음식에서 등을 돌렸다. 모두가 탁자 주위에 둘러앉았다. 점토로 만든 손잡이가 달린 컵이 손님들 앞에 하나씩 놓였다. 철학생 호마도 이 모두가 즐기는 술잔치에 끼어야만 했다. 소러시아인들은 술에 취하면 반드시 서로 입을 맞추고 울기 시작한다. 역시나 곧 통나무집 전체가 입맞추는 소리로 가득차 버렸다. "자, 스피리드, 우리 입맞추자!" "이리 와, 도로쉬, 내가 안아줄테니!"

다른 이들보다 더 나이가 들고 회색 콧수염을 한 카자크인이 손을 뺨에 감싼 채 마음이 북받쳐 흐느끼기 시작했다. 그에게는 아비도 어미도 없으며 그는 세상에 홀홀 단신이라는 것이었다. 또다른 사람은 훈계하는 것을 아주 좋아했는데 "울지 마, 제발 울지 말라고! 여기서 도대체 왜... 하느님은 모든 것을 다 알고 계셔."라고 말하며 그를 계속 달랬다. 도로쉬라는 이름의 카자크인은 호기심이 무척 강해서 철학생 호마 쪽을 돌아보며 계속 질문을 해댔다. "신학교에서는 무엇을 가르치는지 알고 싶군. 교회에서 부제[17]가 떠들어대는 것과 똑같은 건지, 아니면 다른 건지?" "묻지 마!" 훈계를 좋아하는 사람이 말을 길게 늘이며 말했다. "아까처럼 그냥 내버려 둬. 하느님은 무엇이 필요한지 이미 알고 계셔. 모든 것을 아신다고." "아니, 나는 알고 싶어." 도루쉬가 말했다. "거기 책에 뭐라고 쓰여있는지 말이야. 아마도 부제가 가르치는 것과는 완전히 다른 걸 거야." "오 하느님 맙소사, 맙소사!" 이 존경받는 선배가 말했다. "뭐하러 그런 말을 하는 거지? 하느님의 뜻은 정해져 있어. 하느님이 주신 것은 바꿀 수가 없는 거야." "나는 뭐가 쓰여있든 다 알고 싶다고. 나는 신학교에 갈거야. 반드시 가고 말거야! 내가 배우지 못할 거라고 생각해? 난 모든 것을 배울 거야, 배우고 말 거라고!" "오 하느님 맙소사, 맙소사!..." 위로하던 사람은 이렇게 말하고 머리를 탁자에 떨구고 말았다. 더 이상 그의 어깨가 머리를 지탱할 힘이 없었기 때문이었다. 다른 카자크들은 주인에 대해, 그리고 왜 하늘에는 달이 빛나고 있는지에 대해 이야기를 나누고 있었다.

---

17 정교 교회의 낮은 성직의 사제

철학생 호마는 그들의 정신 상태를 보고는 이를 이용해 빠져 나가기로 결심했다. 그는 먼저 아비와 어미에 대해 슬퍼하던 회색 머리칼을 한 카자크인에게 말을 걸었다. "아저씨, 뭘 그렇게 울고 그래요. 나도 고아라구요! 이봐요들, 나를 좀 풀어줘요! 내가 당신들한테 무슨 소용이 있어요?" "이 녀석을 놔주자!" 몇 사람이 응답했다. "고아라잖아. 가고 싶은대로 가게 해주자고." "오 하느님 맙소사, 맙소사!" 위로하던 사람이 머리를 들면서 소리를 질렀다. "놔줘! 가고 싶은 대로 가게 해!"

카자크인들은 벌써 그를 공터로 데려가려고 했다. 그러나 호기심을 보이던 사람이 그들을 막으며 말했다. "건드리지 마. 나는 신학교에 대해 그와 이야기를 하고 싶다고. 난 정말 신학교에 가고 말거야..." 그러나 이 도주는 이루어질 가능성이 없어 보였다. 왜냐하면 철학생이 식탁에서 일어나려고 하자 그의 다리가 마치 나무처럼 굳어버렸고, 방 안의 문들이 너무 많아 보여서 진짜 문이 어디 있는지 찾을 수가 없었기 때문이다.

저녁 무렵이 되어서야 이 무리는 길을 한참 더 가야 한다는 것을 생각해냈다. 마차에 다시 오른 후 그들은 말들을 채찍질하고, 가사도 의미도 전혀 이해할 수 없는 노래를 부르며 앞으로 천천히 나아갔다. 그들은 속속들이 알고 있는 길을 끊임없이 벗어나면서 한밤중의 절반 이상을 달렸고, 마침내 가파른 산에서 골짜기로 내려갔다. 철학생은 키 작은 나무들과 그 뒤로 보이는 지붕들, 그리고 양쪽으로 늘어선 울타리를 보았다. 카자크 수령에게 속한 큰 마을이었다. 이미 깊은 밤이 훌쩍 지나있었다. 하늘은 어두웠고 작은 별들이 여기저기서 반짝거렸다. 불이 켜져 있는 농가는 하나도 없었다. 그들은 개가 짖는 소리를 들으며 마당으로 들어섰다. 마당의 양쪽에 짚으로 덮인 헛간과 작은 집들이 눈에 띄었다. 대문 맞은 편 한복판에 위치한 집은 다른 집들보다 컸는데 아마도 수령이 거주하는 집인 듯 했다. 마차는 헛간같이 보이는 작은 건물 앞에 멈춰섰고 우리의 여행자들은 잠을 자러 가버렸다. 그러나 철학생은 주인의 목조 가옥 외관을 조금 살펴보고 싶은 마음이 생겼다. 하지만 그가 아무리 눈을 크게 뜨고 보아도 뚜렷하게 보이는 것은 아무 것도 없었다. 그의 눈에는 집 대신에 곰이 보였고 굴뚝이 신학교 학장으로 변했다. 철학생은 손을 내젓고는 잠을 자러 갔다.

철학생이 깨어났을 때 집 전체가 부산하게 움직이고 있었다. 밤 사이에 주인의 딸이 죽었던 것이다. 하인들은 황급히 앞뒤로 뛰어다니고 있었다. 몇 몇 노파들은 소리를 내어 울었다. 호기심이 강한 군중이 울타리를 통해 뭐라도 볼 수 있을까하여 주인의 마당을 살펴보았다. 철학생은 한가한 틈을 타서 밤에 자세히 살펴볼 수 없었던 곳을 둘러보기 시작했다. 주인의 집은 옛날 소러시아에서 일반적으로 건축되었던 낮고 작은 건물이었다. 집은 짚으로 덮여 있었다. 위로 치켜뜬 눈처럼 생긴 작은 창문이 달린 작고 뾰족하고 높은 박공지붕에는 온통 하늘색과 노란색 꽃과 붉은 색 반달이 그려져 있었다. 지붕은 절반 위쪽은 둥글고 아래쪽은 육면체인 참나무 기둥 위에 세워져 있었다. 기둥 위쪽에는 녹로로 세공한 기묘한 문양이 새겨져 있었다. 이 박공 지붕 밑으로는 양쪽으로 벤치가 놓인 작은 회랑이 있었다. 집 양 옆으로는 군데군데 비틀린 기둥에 처마가 올려져 있었다. 피라미드 꼭지 모양을 한 큰 배나무가 나뭇잎을 흔들며 집 앞에 푸르게 서 있었다. 몇 채의 헛간이 두 줄로 마당 한가운데 늘어서서 집으로 향하는 넓은 길을 내고 있었다. 헛간 뒤에는 대문 가까운 곳에 삼각형으로 생긴 두 개의 지하 저장고가 서로를 마주보고 서 있었는데, 역시 짚으로 덮여 있었다. 삼각형 모양의 저장고 벽에는 낮은 문이 달려 있었고 잡다한 그림들이 그려져 있었다. 한 저장고의 벽에는 술통 위에 앉아서 머리 위로 손잡이가 달린 잔을 든 카자크인이 "다 마셔버릴테다"라고 쓰여진 제명과 함께 그려져 있었다. 다른 저장고 벽에는 병과 휴대용 용기, 그리고 양 옆에는 멋을 부리기 위해 다리를 위로 하고 드러누운 말과 담배 파이프, 작은 손북이 "포도주는 카자크의 위안"이라고 쓰여진 제명과 함께 그려져 있었다. 헛간 중 한 곳의 다락에서는 커다란 지붕창을 통해 북과 구리로 만든 나팔이 보였다. 대문에는 두 대의 대포가 세워져 있었다. 이 모든 것을 볼 때 집주인이 흥겹게 노는 것을 좋아하며 마당은 자주 술잔치로 시끌벅적해진다는 것을 알 수 있었다. 대문 밖에는 두 개의 풍차가 있었다. 집 뒤로는 정원이 펼쳐져 있었고, 나뭇가지 끝 사이로 무성한 풀숲에 파묻힌 농가의 새까만 굴뚝 꼭대기만이 보일 뿐이었다. 마을 전체는 넓고 평평한 산허리에 자리잡고 있었다. 북쪽에서는 험준한 산이 모든 것을 가리고 있었고 마당이 있는 산기슭에서 가파른 비탈이 끝나고 있었다. 아래에서 그 산을 바라보면 더 험준해 보였다. 산의 높은 정상에는 여기저기에 잡초보다도 가느다란 비뚤거리는 그루터기들이 맑은 하늘을 배경으로 검게 솟아나 있었다. 점토가 드러난 산의 헐벗은 모습은 왠지 울적한 기분이 들게 했다. 산은 비가 내려 패인 구멍으로 온통 파헤쳐져 있었다. 가파른 경사면에는 두 군데에 각각 농가 한 채가 삐죽 솟아나 있었다. 그 한 농가 위로는 흙으로 땅을 돋우고 작은 말뚝으로 뿌리를 받쳐 놓은 사과나무가 넓게 가지를 펼치고 있었다. 바람에 떨어진 사과들은 주인의 마당으로 굴러들어왔다. 산 정상에서부터 굽이쳐 내려오던 길은 마당을 지나 마을로 이어졌다. 철학생은 그 무시무시한 경사면을 살펴보고 나서 어제의 여행을 기억해냈다. 그리고 집주인의 말들이 지나치게 영리하든지, 아니면 카자크들이 술이 잔뜩 취했을 때도 커다란 마차와 짐이 뒤집히지 않게 달릴 수 있을 정도로 아주 냉철한 정신을 가지고 있다고 결론을 내렸다. 철학생은 마당에서 높은 지대에 서 있었다. 그가 몸을 돌이켜 반대쪽을 바라보니 그에게는 전혀 다른 광경이 펼쳐졌다.

마을은 완만한 경사로 평지까지 내려와 있었다. 끝없는 초원이 머나먼 공간에 펼쳐져 있었다. 그 선명한 초록색은 멀어질수록 검게 변했다. 마을 전체는 거리가 20 베르스타가 넘었는데도 멀리서도 푸르게 보였다. 이 초원의 오른쪽으로는 산들이 이어져 있었고, 멀리서 보일 듯 말 듯 드네프르 강이 띠 모양으로 빛나며 검게 흐르고 있었다. "야, 기가 막힌 곳이로구나!" 철학생은 말했다. "여기에 살면서 드네프르나 연못에서 물고기를 낚거나 그물이나 총으로 너새와 마도요새를 사냥하면 딱이겠는데! 내 생각에 이 초원에는 너새가 많을거야. 과일을 말려서 도시에 많이 내다 팔 수도 있고 더 좋은 건 보드카를 만드는 거지. 과일로 만든 보드카는 어떤 독한 술과도 비교되지 않으니 말이야. 그렇지만 일단 어떻게 여기서 빠져나갈지 생각하는 게 낫겠어." 그는 울타리 뒤로 무성하게 자란 잡초에 완전히 가려진 작은 길이 나 있는 것을 발견했다. 그는 우선 산책을 하다가 슬그머니 농가들 사이를 지나 들판으로 뛰어가야겠다고 생각하면서 기계적으로 그 길에 들어섰다. 그런데 순간 갑자기 굉장히 억센 손이 그의 어깨를 붙잡는 것을 느꼈다.

그의 뒤에는 전날 부모의 죽음과 자신의 외로움에 대해 그렇게 쓰라리게 슬퍼했던 바로 그 늙은 카자크인이 서 있었다. "철학생 양반, 마을에서 도망치려고 해봐야 소용없어!" 그는 말했다. "여기는 도망갈 수 있는 그런 곳이 아니야. 길도 걸어가는 사람에게는 나쁘기 그지없지. 그러니 주인 나리께 가보는 게 나을 거야. 벌써 방에서 널 기다리고 계셔." "갑시다! 뭐...기꺼이 가죠." 철학생은 이렇게 말하고 카자크인의 뒤를 따랐다.

회색 수염을 기르고 이미 나이가 꽤 든 수령은 어둡고 슬픈 표정을 하고 두 손으로는 머리를 받치고 방 안 탁자 앞에 앉아 있었다. 그는 오십 세쯤 되어 보였다. 그러나 얼굴에 나타난 깊은 낙담과 창백하고 초췌한 낯빛은 그의 영혼이 한 순간에 갑자기 박살이 나 파괴되었으며, 이전의 모든 즐거움과 소란스럽던 생활이 영원히 사라졌음을 보여주고 있었다. 호마가 늙은 카자크인과 방에 들어가 허리를 굽히고 인사하자 그는 한 손을 치우고 가볍게 고개를 끄덕였다.

호마와 카자크인은 예의바르게 문 옆에 서 있었다.

"자넨 누군가? 어디서 왔고 신분이 뭔가, 선량한 젊은이?" 수령은 부드럽지도 그렇다고 엄격하지도 않게 물었다. "신학교에서 온 철학생 호마 부르트라고 합니다." "아버지는 누구신가?" "모릅니다, 나리." "그럼 어머니는?" "어머니도 모릅니다. 물론 상식적으로 판단해보면 어머니가 계셨지요. 그러나 누구신지, 어디 출신인지, 얼마나 사셨는지, 아는 게 없습니다, 나리."

수령은 말이 없었다. 잠시 생각에 잠긴 듯했다. "어떻게 해서 내 딸을 알게 되었나?" "알게 된 적이 없습니다, 나리. 맹세코 모르는 사이입니다. 지금껏 세상에 살면서 귀족 아가씨들과 어떤 일도 없었습니다. 부디 그분들에게 무례한 말이 아니기를.”“그런데 도대체 왜 내 딸이 다른 사람이 아닌 자네에게 기도문을 읊어달라고 했는가?” 철학생은 어깨를 으쓱했다. “그것을 어떻게 해석해야 할지 모르겠습니다. 때로 가장 학식있는 사람도 모르는 것을 나리님들이 궁금해한다는 건 잘 알려진 일이지요. ‘원수야, 달려라. 주인님이 명하신 데로!’라는 속담도 있으니까요.” “설마 거짓말을 하는 건 아니겠지, 철학생 양반?”“제가 거짓말을 한다면 이 자리에서 벼락을 맞아도 좋습니다.”“만약 딸아이가 조금만 더 살았더라면 모든 것을 알아낼 수 있었을텐데.” 수령은 슬프게 말했다. “다른 사람에게는 맡기지 마시고, 아빠, 당장 키예프 신학교에 사람을 보내서 호마 부르트라는 학생을 데려오세요. 그 사람에게 내 죄많은 영혼을 위해 삼일 밤을 기도하라고 해 주세요. 그 사람은 알고 있어요…’ 그런데 무엇을 안다는 건지 나는 듣지를 못했어. 그애는 그 말만 하고는 죽었거든. 선량한 젊은이, 자네는 아마도 거룩한 삶과 경건한 행동으로 유명한가 보구만. 그애가 자네 소문을 들었나보네.”“누구요? 제가요?” 놀라 뒷걸음질을 치면서 철학생은 말했다. “제가 거룩한 삶을 산다구요?” 그는 수령의 눈을 똑바로 바라보면서 말했다. “하느님이 함께 하시기를, 나리! 무슨 말을 하시는 겁니까! 말씀드리기도 민망하지만 저는 수난 주간 목요일에도 빵가게 여자에게 집적댄 놈입니다.”“글쎄…그애가 그렇게 한 데는 분명 이유가 있을걸세. 자네는 오늘부터 일을 시작해야하네." "이 점에 대해서는 나리께 말씀드릴 수 있을 것 같습니다. 물론 성경을 아는 사람이라면 누구나 어느 정도는 할 수 있겠습니다만... 이 일에는 보제나 최소한 교회 서기가 더 적당할 것 같습니다. 그들은 분별 있는 사람들이고 이 일을 어떻게 해야 하는지 이미 알고 있으니까요. 그런데 저는...목소리도 좋지 않고, 저라는 놈이 누군지는 악마나 알겁니다. 저에게 특별한 것이라곤 아무 것도 없답니다."

"자네가 원하는 게 뭐든 나는 내 딸아이가 유언으로 남긴 것을 아무 것도 남기지 않고 다 행할 참이네. 자네가 오늘부터 삼일 밤을 그 애를 위해 제대로 기도해준다면, 자네에게 보답을 하겠네. 그렇지 않으면 악마에게 내 성미를 돋우어 달라고 할 필요도 없을걸세."

수령은 마지막 단어를 너무나 확고하게 발음해서 철학생은 그 의미를 완전히 이해했다.

"나를 따라오게!" 그는 말했다.

그들은 현관으로 나갔다. 수령은 첫 번째 방과 정면으로 마주보고 있는 다른 방문을 열었다. 철학생은 잠시 코를 풀기 위해 현관에 멈췄다가 설명할 수 없는 공포를 느끼며 문턱을 넘어섰다. 바닥은 온통 붉은 중국제 천으로 덮여 있었다. 구석의 성상 아래 놓인 높은 탁자 위에는 죽은 처녀의 시신이 놓여 있었다. 그녀는 금색 술과 여러 실로 장식된 푸른 비로드 천으로 만든 담요 위에 누워있었다. 까마귀밥 나무 가지로 엮은 커다란 양초가 한낮의 빛에 가려져 희미한 빛을 내면서 그녀의 발치와 머리 쪽에 세워져 있었다. 고인의 얼굴은 문을 등지고 위로받을 길 없이 그녀 앞에 앉아 있는 아버지에 의해 가려져 있었다. 철학생은 그가 들은 말에 깊이 감동되었다.

"너무나 사랑스러운 내 딸아, 내가 애통한 이유는 네가 인생의 꽃다운 나이에 수명을 다 살지 못하고 나를 슬픔과 비통에 남겨두고 세상을 떠나서가 아니란다. 내 사랑하는 딸아, 내가 애통한 이유는 너를 죽게 한 내 철천지 원수, 그 놈이 누군지 몰라서 란다. 만약 그 누구라도 너를 모욕하려고 생각했던지 너에 대해 기분 나쁜 말을 했다는 것을 내가 알았다면, 하느님께 맹세하건대, 그놈이 나처럼 나이가 많다면 더 이상 자기 자식을 보지 못할 것이다. 만약 나이가 한창때라면 제 아비와 어미를 다시 보지 못할 것이고 그놈의 몸뚱이는 새들과 초원의 짐승들이 먹도록 던져질 것이다. 나의 금잔화, 나의 메추리, 나의 사랑하는 아이야, 내가 여생을 아무 낙도 없이 내 늙은 눈에서 줄줄 흐르는 눈물을 옷깃으로 훔치며 살 동안, 그 원수 놈은 즐기면서 약한 노인을 조롱할 거라고 생각하니 슬프기 그지없구나." 그는 말을 멈췄다. 눈물이 터져 나오게 만든 비통한 슬픔 때문이었다.

철학생은 그런 위로받을 길 없는 슬픔에 깊이 감동되었다. 그는 목소리를 조금 가다듬으려고 잘 들리지 않게 킁킁거리며 헛

기침을 했다.

수령은 몸을 돌려 그에게 고인의 머리맡에 있는 책이 놓여진 작은 경탁 앞을 가리켰다.

"어떻게 해서든지 삼일 밤을 버텨내야겠어." 철학생은 생각했다. "그러면 주인은 내 두 주머니를 금화로 두둑이 채워줄 거야." 그는 앞으로 다가가서 다시 한번 헛기침을 하고는 주변을 무시하고 고인의 얼굴을 보지 않으려고 결심하고서 낭독을 시작했다. 깊은 침묵이 지배하고 있었다. 그는 수령이 나갔다는 것을 알아차렸다. 그는 죽은 처녀를 쳐다보려고 천천히 고개를 돌렸다. 그런데...

전율이 그의 혈관을 타고 흘렀다. 그의 앞에는 언젠가 지상에 살았던 미녀가 누워있었다. 얼굴의 윤곽이 그렇게 뚜렷하고 조화로운 아름다움 속에 형성된 적은 일찍이 없었을 것 같았다. 그녀는 마치 살아있는 사람처럼 누워 있었다. 눈처럼, 은처럼 흰 이마는 아름답고 부드러웠고 마치 무슨 생각에 잠겨 있는 듯했다. 햇빛이 빛나는 낮에 돌연 찾아온 밤처럼 검은 눈썹은 가늘고 고르게 나 있었으며 감은 눈 위로 오만하게 들려있었다. 비밀스런 욕망의 불길로 타오르고 있는 뺨에 속눈썹이 화살처럼 누워 있었다. 루비색 입술은 조소를 터뜨릴 것 같았다...그러나 그 속에서, 그런 얼굴 특징 속에서 그는 무엇인가 무섭고 가슴을 찌르는 듯한 것을 보았다. 그는 마치 갑자기 흥겨움의 소용돌이와 빙

글빙글 도는 군중 가운데서 누군가 억압당하는 민중에 대한 노래를 부르기라도 한 듯 그의 영혼이 아프게 쑤시기 시작하는 것을 느꼈다. 그녀의 루비같은 입술은 마치 끓어올라 심장으로 들어가는 피같이 보였다. 갑자기 무엇인가 무섭고 익숙한 표정이 그녀의 얼굴에 나타났다. "마녀다!" 그는 제 목소리가 아닌 소리로 외치고, 눈을 옆으로 돌렸다. 얼굴이 온통 창백해져 버린 그는 기도문을 읽기 시작했다. 그녀는 바로 그가 죽였던 그 마녀였던 것이다.

　해가 저물기 시작하자 사람들은 죽은 이를 교회로 옮겼다. 철학생은 한쪽 어깨로 검은 장례용 관을 지탱했는데, 어깨에서 무언가 얼음처럼 차가운 것을 느꼈다. 수령은 손으로 고인이 들어 있는 갑갑한 관의 오른쪽을 붙잡고 앞서 걷고 있었다. 세 개의 원추형 지붕이 있는 교회는 검게 그을려 푸른 이끼로 덮여 있었고, 마을 끝 가까이에 침울하게 서 있었다. 교회에서는 오랫동안 어떤 예배도 행해지지 않은 것이 분명했다. 촛불은 거의 모든 성상 앞에서 타오르고 있었다. 사람들은 관을 제단 바로 맞은편 한가운데 내려놓았다. 늙은 수령은 다시 한번 죽은 딸에게 입 맞추고 몸을 깊이 숙여 절을 하고는 관을 들고 온 사람들과 함께 밖으로 나갔다. 그는 철학생을 푸짐하게 먹이고 저녁 식사 후에 교회로 데려다주라는 지시를 내렸다. 관을 메었던 사람들은 부엌으로 와서 손을 페치카에 댔다. 그것은 시체를 본 소러시아 사람들이 보통 하는 관습이었다.

이때쯤 허기를 느끼기 시작한 철학생은 잠시 동안 고인에 대해 완전히 잊어버렸다. 곧 모든 하인들이 한 사람씩 부엌으로 모여들기 시작했다. 수령의 집에서 부엌은 회관과 비슷한 구실을 했다. 뼈와 구정물을 먹으려고 문쪽으로 꼬리를 흔들며 다가오는 개를 포함해 마당에 살고 있는 누구나 다 모여드는 곳이었다. 누가 어떤 일로 어디를 가든 지 간에 그 사람은 잠시라도 긴 의자에서 쉬고 파이프 담배를 피우기 위해 항상 부엌에 먼저 들르곤 했다. 집에 사는 모든 총각들은 카자크식 긴 상의로 멋을 잔뜩 내고 거의 하루 종일 이곳에서 긴 의자 위에, 의자 아래, 페치카 위에, 한마디로 누울 수 있는 편리한 장소만 찾으면 누웠다. 게다가 모든 사람들은 항상 부엌에 털모자나 떠돌이 개를 쫓아낼 때 쓰는 채찍, 혹은 다른 무엇인가를 잊어버리고 갔다. 그러나 가장 많은 사람이 모이는 때는 저녁 식사 시간이었다. 그 시간이 되면 말을 마구간으로 몰아넣은 목동과 우유를 짜기 위해 암소를 들여놓은 마부, 그리고 하루 동안 볼 수 없었던 모든 이들이 부엌으로 왔다. 저녁 식사를 하면서 가장 어눌하게 말하는 사람조차도 수다를 떨어댔다. 이곳에서는 보통 온갖 것에 대해 이야기를 하곤 했다. 누가 새 바지를 샀다는 둥, 땅속에는 무엇이 있다는 둥, 누가 늑대를 보았다는 둥. 이곳에도 소러시아에 넘쳐나는 익살꾼들이 많이 있었다.

철학생은 부엌의 문지방 앞에서 자유로운 공기를 마시면서 큰 무리를 지은 다른 이들과 함께 앉았다. 곧 붉은 머리수건을 두른 여인이 두 손에 할루쉬카가 든 뜨거운 남비를 들고 문 안에서 나와서 저녁식사를 하려는 사람들 가운데 내려놓았다. 사람들은 저마다 주머니에서 자신의 나무 수저를 꺼냈고, 수저가 없는 사람들은 가는 나무젓가락을 꺼냈다. 입이 천천히 움직이기 시작하고 이 모든 사람들의 지독한 허기가 조금 채워지자 많은 이들이 이야기를 시작했다. 대화는 자연스럽게 죽은 처녀에 대한 것으로 옮아갔다.

"정말일까요?" 담배 파이프를 거는 가죽 멜빵 위에 작은 가게라도 차릴 것처럼 많은 단추와 구리 번호표를 붙이고 다니는 한 어린 목동이 말했다. "이렇게 말하면 나쁠지 모르지만 아가씨가 악령과 관계했다는 게 정말일까요?" "누가? 아가씨가?" 이미 우리 철학생과 안면이 있는 도로쉬가 말했다. "맞아, 그 여자는 완전한 마녀였어! 마녀였다고 맹세하지!" "그만해, 그만해, 도로쉬!" 마을로 올 때 기꺼이 동료를 위로하려고 했던 다른 사람이 말했다. "그건 우리가 신경 쓸 일이 아니야. 그런 건 우리가 왈가왈부할 필요가 없어." 그러나 도로쉬는 전혀 말을 그만 둘 생각이 없었다. 그는 방금 전 무슨 필요한 일 때문에 창고 관리인과 함께 지하 저장고에 내려가서 두어 번 허리를 구부려 두세 통을 마시고 아주 흥이 올라 그곳에서 나온 후 쉼 없이 떠벌이고 있었다.

"네가 원하는 게 뭐야? 내가 입 닥치는 거야?" 그는 말했다. "그녀는 내 위에 올라탔었어. 정말이라고. 올라타고 달렸다고." "그럼 아저씨," 단추를 가득 단 어린 목동이 말했다. "마녀를 알아볼 수 있는 무슨 표시라도 있나요?" "없어." 도로쉬가 말했다. "절대 알 수가 없지. 시편을 다 읽는다 해도 알아낼 수 없어." "알 수 있어, 있다고, 도로쉬. 그렇게 말하지 마." 전에 위로하던 사람이 말했다. "하느님은 공연히 모든 사람에게 독특한 습관을 주신 게 아니라고. 과학을 아는 사람들은 마녀에게 작은 꼬리가 달렸다고 하지." "여자가 늙으면 그게 마녀인 게야." 회색 머리의 카자크가 냉담하게 말했다. "아이고, 말하는 꼬락서니하고는!" 그때 다 비워진 남비에 할뤼쉬카를 새로 붓던 아낙이 끼어들었다. "진짜 살찐 수퇘지들 같으니라고."

야브투흐라는 이름에, 별명이 코프툰인 늙은 카자크는 그의 말이 노파를 자극했다는 것을 확인하고는 입술에 만족스런 미소를 지었다. 말을 몰아넣은 목동은 두 마리 황소가 서로를 마주하고 한꺼번에 음매하고 우는 것처럼 낮고 굵은 소리로 웃었다.

한번 시작된 대화는 죽은 수령의 딸에 대해 더 자세히 알고 싶다는 거부하기 어려운 바람과 호기심을 철학생에게 불러일으켰다. 대화를 이전의 화제로 다시 돌리고 싶어서 그는 옆에 앉은 사람에게 말을 건넸다. "묻고 싶은 게 있는데요, 저녁식사를 하는 이 모든 사람들은 왜 아가씨를 마녀라고 생각하는 거지요? 그 여자가 누군가에게 나쁜 짓을 하거나 괴롭히기라도 했단 말인가요?" "별의별 일이 다 있었다네." 앉아 있던 사람들 중에서 얼굴이 꼭 삽처럼 아주 평평한 사람이 대답했다. "사냥개지기 미키타를 기억하지 못하는 사람은 없겠지? 아니면..." "사냥개지기 미키타가 어쨌는데요?" 철학생이 말했다. "잠깐! 사냥개지기 미키타에 대해서라면 내가 말해주지." 도로쉬가 말했다. "내가 미키타에 대해 말할거야." 목동이 대답했다. "왜냐하면 미키타는 내 대부였거든." "미키타에 대해서라면 내가 말하겠어." 스리피드가 말했다. "그래, 스피리드가 이야기하게 해!" 무리가 소리쳤다.

스피리드가 말하기 시작했다. "자네, 철학생 호마 양반은 미키타를 모르겠지만, 정말 드문 사람이었지! 그는 마치 친아버지처럼 개들을 다 알고 있었지. 내 뒤로 세 번째에 앉아있는 지금 사냥개 지기인 미콜카는 그에 비하면 신발 밑창만큼도 안되지. 미콜카도 자기 일을 제법 알긴 하지만, 미키타에 비하면 쓰레기, 구정물이나 마찬가지야." "이야기를 잘하는군, 잘해!" 도루쉬는 고개를 끄덕이며 동감한다는 듯 말했다.

스리리드는 계속했다. "그는 자네가 코에서 코담배를 닦아내는 것보다 더 빨리 토끼를 발견할걸세. 그가 휘파람을 불고 "자, 라즈보이! 자, 날쌘 녀석아!" 하면서 말 위에서 전속력으로 달리면 누가 더 빨리 달리는지 분간할 수가 없을 정도였지. 그가 개를 쫓는 건지, 개가 그를 쫓는 건지. 그는 싸구려 술을 순식간에 마셔버려서 마치 술이 전혀 없었던 것 같았지. 훌륭한 사냥개지기였어! 그런데 얼마 전부터 그 녀석이 주인 아가씨를 끊임없이 쳐다보기 시작하는 거야. 그가 그녀에게 홀딱 반한 것인지, 아니면 그녀가 그를 홀린 것인지 몰라도 사람이 망가져 버렸어. 완전히 여자처럼 약해빠져 버린 거야. 어찌 된 영문인지는 악마만 알거야. 푸! 말하기도 민망할 지경이야." "그렇지." 도로쉬가 말했다. "아가씨가 그를 쳐다보기만 해도 말고삐를 손에서 놓쳐버렸지. 라즈보이를 브로브키라고 불렀고 우물쭈물거리고 자기가 뭘하는지도 모르더라고. 한번은 그가 말을 씻기고 있을 때 아가씨가 마굿간으로 왔어. 그리고 '미키트카, 내 발을 네 위에 올려놓게 해줘'라고 말하는거야. 그랬더니 그 바보는 기뻐하면서 '발뿐 아니라 아가씨가 제 위에 올라타셔요'라고 말한거야. 아가씨는 발을 들어 올렸지. 그가 그녀의 희고 통통한 작은 맨발을 본 순간 그는 '완전히 마법에 걸려버렸다'고 말하더군. 그 바보는 등을 굽히고 두 손으로 그녀의 드러난 작은 발을 잡고는 말처럼 들판을 달리기 시작했어. 그들이 어디를 달렸는지 그는 아무것도 말할 수가 없었지. 그는 겨우 살아 돌아왔는데, 그때부터 마치 나뭇조각처럼 완전히 바싹 말라버렸지 뭐야. 사람들이 마굿간에 가 보았을 때, 미키타 대신 잿더미와 빈 물통만이 놓여 있었어. 완전히 타 버린 거야. 자기 혼자 스스로 타 버린 거야. 세상에서 그런 사냥개지기는 다시 찾을 수 없을 거야."

스피리드가 자신의 이야기를 마쳤을 때, 사방에서 이전 사냥개지기의 장점에 대해 온갖 말들을 하기 시작했다.

"그런데 자네 셰프툰의 아내에 대해서는 들어본 적이 있나?" 도로쉬는 호마에게 말을 걸었다. "아니요." "에헤! 신학교에서는 그다지 많은 걸 배우지는 않는 것 같군. 이봐, 들어봐. 우리 마을에 셰프툰이라는 카자크가 있어. 훌륭한 카자크 사내지! 그는 가끔 아무 이유도 없이 물건을 훔치거나 거짓말하는 걸 좋아한다네. 그래도... 훌륭한 카자크야. 그의 오두막집은 여기서 그리 멀지 않아. 우리가 지금처럼 저녁식사를 하고 있을 때면 셰프툰은 아내와 함께 저녁 식사를 마치고 잠자리에 들곤 했지. 날씨가 좋았기 때문에 그의 아내는 마당에서, 그는 오두막의 긴 의자에서 자곤 했어. 아니면 그의 아내가 오두막의 긴 의자에서 자고 그는 마당에서 자기도 했지..."

"그녀는 긴 의자가 아니라 바닥에서 잤는데." 한 손으로 뺨을 받치고 문간에 서 있던 아낙네가 말을 가로챘다.

도로쉬는 그녀를 쳐다본 후 아래를 내려다보더니 다시 그녀를 쳐다보았다. 잠시 침묵한 후 그는 말했다. "모든 사람이 보는 데서 내가 네년의 속옷을 벗기면 썩 좋지는 않을 텐데." 이 경고는 효과를 나타냈다. 노파는 입을 다물었고 다시는 말을 가로채지 않았다.

도루쉬는 계속 말을 이어갔다.

"오두막 한가운데 걸려있는 요람에는 한 살짜리 아기가 누워 있었어. 사내아이인지 여자아이인지는 모르겠어. 셰프툰의 아내가 누워있었는데, 개가 문을 긁으며 오두막에서 도망이라도 치라는 듯이 요란하게 짖어대는 소리를 들었지. 그녀는 겁을 먹었어. 여자들이란 우둔한 족속이라서 저녁에 문 뒤에서 혀라도 내밀면 기겁을 하고 도망가지. 그렇지만 그녀는 생각을 했어. '내가 저 망할 개의 낯짝을 후려쳐야겠어, 그럼 짖는 것을 멈추겠지.' 그리고 부지깽이를 들고서 문을 열고 나갔지. 그런데 그녀가 문을 조금 열기도 전에 개가 그녀의 다리 사이로 달려 들어와서는 아이의 요람으로 돌진하는 거야. 셰프툰의 아내는 그것이 개가 아니라 주인 아가씨라는 것을 알아보았지. 주인 아가씨가 그녀가 알고 있던 모습이었더라면 별일이 아니었을 거야. 그런데 사정이 전혀 달랐단 말이지. 아가씨는 피부가 온통 파란 색이었고 눈은 석탄처럼 이글이글 타오르고 있었어. 아가씨는 아이를 낚아채더니 목을 물고는 피를 빨아먹기 시작했어. 셰프툰의 아내는 "오, 끔찍해!"라고 소리치고는 오두막 밖으로 뛰쳐나가려 했지. 그런데 현관 문이 잠겨 있는 것을 보고는 다락으로 올라갔어. 우둔한 아낙은 그곳에 앉아서 떨고 있었지. 그런데 조금 있다가 그녀가 있는 다락으로 아가씨가 오는 게 보이는 거야. 아가씨는 달려들어서는 우둔한 아낙을 물어뜯기 시작했지. 아침이 되어서야 셰프툰은 다락에서 온통 물어뜯기고 시퍼렇게 변해버린 자신의 아내를 끌어냈어. 그 다음날 우둔한 아낙은 죽고 말았지. 그런 별의별 해괴망칙한 일들이 일어나기도 한다네! 주인 나리의 자식이라 해도 마녀는 마녀인 거야."

이야기를 마친 뒤 도로쉬는 만족스러운 듯 주위를 둘러보고는 담배를 채워 넣을 준비를 하기 위해 파이프에 손가락을 집어넣었다. 마녀에 대한 화제는 무궁무진했다. 각자가 돌아가며 무엇인가 앞다투어 이야기했다. 어떤 이에게는 마녀가 건초더미 모양으로 변해 오두막 문으로 오기도 했고, 다른 사람에게서는 털모자나 담배 파이프를 훔쳐 가기도 했다. 마을 아가씨들의 땋은 머리를 잘라가기도 했고, 어떤 사람들에게서는 피를 몇 통씩 빨아먹기도 했다.

마침내 모인 사람들은 정신을 차리고 너무 지나치게 떠들어댔다는 것을 깨달았다. 밖이 완전히 캄캄해졌기 때문이었다. 모두들 부엌이나 헛간, 마당 한가운데에 있는 잠자리를 찾아 흩어지기 시작했다.

"자, 호마 양반! 이제 우리도 고인에게 가 보아야 할 시간이네." 회색 머리칼의 카자크가 철학생을 향해 말했다. 스피리드와 도로쉬를 포함한 네 사람은 채찍으로 개를 때려가며 교회로 향했다. 거리를 어슬렁거리던 엄청나게 많은 개들은 그들의 막대기를 사납게 갉아댔다. 철학생은 가득 채운 보드카 한 잔으로 기운을 북돋았음에도 불구하고 불이 켜진 교회로 다가갈수록 속으로 슬슬 겁이 나는 것을 느꼈다. 방금 전에 들은 이야기와 이상한 일들이 그의 상상력을 더욱 부채질했다. 울타리와 나무들 아래의 어둠이 옅어지기 시작했고 장소가 더 분명하게 모습을 드러냈다. 그들은 마침내 낡은 교회의 담 너머에 있는 작은 마당으로 들어섰다. 마당 뒤로는 나무 한 그루 없었고 오직 텅 빈 들판과 밤의 어둠에 삼켜진 초원이 펼쳐져 있었다. 세 명의 카자크는 호마와 함께 가파른 계단을 따라 입구로 올라가서 교회 안으로 들어갔다. 이곳에서 그들은 성공적으로 의무를 수행하기를 바라면서 철학생을 남겨두고는 주인의 명령대로 문을 잠갔다.

철학생은 혼자 남겨졌다. 그는 처음에 하품을 한 후, 그다음에 기지개를 켰고, 그다음에 두 손을 호호 불고는 마침내 주변을 둘러보았다. 한가운데에 검은 관이 놓여 있었다. 촛불이 어두운 성상화 앞에서 타고 있었다. 그 불빛은 단지 이코노스타스[18]와 교회의 중앙을 살짝 비춰줄 뿐이었다. 계단이 있는 멀리 떨어진 구석은 어둠에 휘감겨 있었다. 높고 고풍스러운 이코노스타스는 교회가 아주 오래되었다는 것을 보여주고 있었다. 금박으로 덮은 속이 비치는 세공은 이제 섬광만이 반짝거리고 있었다. 어떤 곳의 금박은 벗겨졌고 다른 곳은 아예 시커매져 있었다. 완전히

---

18   정교 교회 내부의 지성소와 성소를 분리하는 벽과 같은 역할을 하며, 많은 성상화가 그려져 있다.

검어진 성인들의 얼굴은 왠지 음울하게 쳐다보는 듯했다. 철학생은 다시 한 번 주위를 둘러보았다. "뭐, 겁낼 거 뭐 있어? 사람은 이곳에 올 수가 없지만, 나에게는 죽은 자들과 저세상에서 온 망령들을 쫓아내는 기도문이 있는걸. 그 기도문을 읽으면 놈들은 나에게 손가락 하나 대지 못할 거야. 괜찮아!" 그는 손을 휘젓고는 되풀이해 말했다. "기도문을 읽자." 그는 성가대석으로 다가가면서 몇 개의 양초 꾸러미를 발견했다. 철학생은 생각했다. "이거 좋은데. 교회 전체를 환하게 밝혀야겠어. 그러면 낮처럼 모든 게 보이겠지. 아, 하느님의 성전에서 담배를 피울 수 없으니 안타깝구나!" 그리고 그는 모든 창문턱, 낭독대, 성상화에 아낌없이 양초를 켜기 시작했다. 곧 교회 전체가 빛으로 가득 찼다. 다만 위쪽만큼은 더 어두워진 것 같았고, 음울한 성상화들이 금빛으로 반짝거리는 고풍스럽게 조각된 액자 속에서 더 침울하게 쳐다보고 있었다. 그는 관을 향해 다가가 겁을 내면서 죽은 여자의 얼굴을 쳐다보았다. 그는 약간 몸을 떨면서 눈을 내리깔지 않을 수 없었다.

이토록 무섭고도 눈부신 아름다움이라니!

그는 돌아서서 물러서고 싶었다. 그러나 공포의 순간에 특히 인간을 떠나지 않는 이상한 호기심과 자신을 거스르는 이상한 감정 때문에 그는 견디지 못하고 물러나면서도 그녀를 쳐다보았다. 그리고나서 전과 같은 전율을 느끼며 다시 한번 쳐다보았다. 정말로 죽은 여자의 눈부신 아름다움은 무섭게 여겨졌다. 아마도 그녀가 조금만 덜 아름다웠더라면 그녀는 그토록 큰 공포로 그를 압도하지 못했을 것이다. 그러나 그녀의 얼굴에서는 생기가 없거나 흐릿하거나 죽어버린 것이 전혀 없었다. 얼굴은 살아있는 듯 생기가 있었다. 철학생은 마치 그녀가 감은 눈으로 그를 쳐다보고 있는 것만 같이 생각되었다. 심지어 그녀의 오른쪽 눈의 속눈썹 아래로 눈물이 흐르는 것만 같이 느껴졌다. 눈물이 뺨에 맺히자 그것이 피방울이라는 것을 그는 분명히 알아볼 수 있었다.

그는 서둘러 성가대석으로 물러나 책을 펼친 후, 스스로에게 더 용기를 북돋우기 위해 아주 큰 소리로 읽기 시작했다. 그의 목소리는 오랫동안 침묵하고 귀가 멀어버린 교회의 나무 벽을 놀라게 했다. 그러나 목소리는 완전히 죽은 듯한 정적 속에서 메아리도 없이 낮은 베이스 음으로 흩어졌고, 기도문을 읽는 그 자신에게도 다소 기괴하게 느껴졌다. 그러면서도 그는 속으로 생각했다. "무서워할 게 뭐 있어? 그녀가 관에서 일어날 것도 아닌데. 하느님 말씀을 두려워할 테니까 말야. 그대로 누워 있으라지! 그리고 겁을 낸다면 내가 무슨 카자크라고 할 수 있겠어. 뭐, 너무 술을 많이 마셔서 그것 때문에 무섭게 느껴지는 거야. 담배 냄새를 좀 맡아야겠어. 아, 좋은 담배! 훌륭한 담배! 정말 좋은 담배로구나!" 그러나 책장을 하나 하나 넘기면서 그는 계속 곁눈질로 관을 쳐다보았다. 절로 일어나는 감정이 이렇게 속삭이는 것 같았다. "이제, 이제 일어날거야! 이제 몸을 일으킬거야, 이제 관 밖을 쳐다볼거야!"

그러나 죽은 듯한 정적이 계속되었다. 관은 꼼짝도 않고 놓여 있었다. 촛불은 빛의 홍수를 흘려보내고 있었다. 살아있는 사람은 한 명도 없이 시체만 있고 한밤에 불이 밝혀진 교회는 무섭기 그지없었다.

그는 목소리를 높여 남아있는 두려움을 잠재우기를 바라면서 여러 음조로 노래하기 시작했다. 그러나 일분이 지날 때마다 어쩔 수 없이 이런 질문을 던지며 관으로 눈을 돌렸다. "만일 몸을 일으키면, 만일 일어나기라도 하면 어쩌지?"

그러나 관은 미동도 하지 않았다. 무슨 소리라도, 어떤 살아있는 존재, 하다못해 귀뚜라미 소리라도 구석에서 들렸으면... 들리는 것이라고는 멀리서 양초가 가볍게 탁탁 타는 소리 아니면 바닥에 떨어지는 촛농이 약하게 똑하고 내는 소리뿐이었다.

"근데, 몸을 일으키면 어떻게 하지?.."

그녀는 고개를 들었다...

그는 깜짝 놀라 쳐다보면서 눈을 비볐다. 그녀는 정말로 누워 있는 게 아니라 관에 앉아 있었다. 그는 눈길을 다른 데로 돌렸다가 다시 공포를 느끼면서 관을 쳐다보았다. 그녀는 일어났다... 그리고 눈을 감은 채 누군가를 잡으려는 듯 계속 팔을 뻗고 교회 안을 걸어 다녔다.

그녀는 곧장 그에게로 다가오고 있었다. 그는 공포에 질려 자기 주변에 원을 그렸다. 그리고 힘을 다해 기도문을 읽고 주문을 외우기 시작했다. 그 주문은 평생 마녀와 악령을 보았던 한 수도사가 그에게 가르쳐 준 것이었다.

그녀는 거의 금 위에 서 있었다. 그러나 그 선을 넘어설 힘은 없는 것 같았다. 그녀는 죽은 지 며칠 지난 사람같이 온통 파래져 있었다. 호마는 그녀를 쳐다볼 용기가 없었다. 그녀는 무시무시했다. 그녀는 이빨을 부드득 갈면서 생명력이 없는 눈을 떴다. 그러나 아무것도 보지 못해 광분하면서 (그녀의 떨리는 얼굴이 그것을 표현해 주고 있었다) 다른 쪽으로 향하더니 팔을 펴고는 호마를 잡으려고 애쓰면서 모든 기둥과 모서리를 끌어안았다. 그러다가 손가락으로 위협하고 나서는 마침내 멈춰 섰고 관속에 드러누웠다.

철학생은 아직 제정신이 돌아오지 않아 공포를 느끼며 이 좁은 마녀의 거주지를 쳐다보았다. 그런데 갑자기 관이 제 자리에서 튀어 오르더니 쉭쉭 소리를 내면서 공기를 십자로 가르며 교회 안을 사방으로 날아다니기 시작했다. 철학생은 자기 머리 위로 관이 날아가는 것을 보았다. 그러나 동시에 관이 그가 그어놓은 원 안으로 들어오지 못하는 것을 보고는 주문을 더 열심히 외웠다. 관은 교회 한가운데에서 쿵 소리를 내며 떨어졌고 꼼짝도 하지 않았다. 푸른 빛이 도는 녹색으로 변해버린 시체는 다시 그 속에서 몸을 일으켰다. 그러나 그때 멀리서 수탉의 울음소리가 들렸다. 시체는 관 속으로 들어갔고 관 뚜껑이 쾅 소리를 내며 닫혔다.

철학생의 심장은 쿵쿵 뛰었고 땀이 비 오듯 쏟아졌다. 그러나 수탉의 울음소리를 듣고 기운을 얻은 그는 벌써 읽었어야 했을 책장을 더 빠르게 넘기며 마저 다 읽었다. 동이 터오자 그와 교대하기 위해서 보제와 이번에는 교회 관리인의 의무를 수행하기 위해 회색 머리칼의 야프투흐가 왔다.

멀리 떨어진 잠자리에 도달한 철학생은 오랫동안 잠들 수가 없었다. 그러나 피로감이 그를 덮쳤고 그는 점심때까지 푹 잤다. 그가 잠에서 깨어났을 때, 간밤의 모든 사건은 꿈에서 일어난 것처럼 여겨졌다. 사람들은 기운을 북돋워주려고 그에게 보드카 한 잔을 대접했다. 점심 식사를 하는 동안 그는 금새 마음이 편안해졌고 어떤 일에 대해서 말참견을 하기도 했으며, 꽤 커버린 돼지 새끼를 거의 통째로 먹어치우기도 했다. 그러나 교회에서 겪은 사건에 대해서는 스스로도 설명할 수 없는 감정 때문에 이야기할 엄두를 내지 못했다. 사람들의 호기심 어린 질문에 대해서는 "네, 여러 가지 기적이 일어났지요."라고 대답했다. 철학생은 배불리 먹이기만 하면 특별히 박애적인 기분이 드는 그런 유형의 사람이었다. 그는 이빨 사이로 파이프를 물고 누워서 유달리 달콤한 시선으로 모든 사람을 쳐다보고 계속 옆으로 침을 뱉었다.

점심 식사를 마친 후 철학생은 완전히 기분이 좋아졌다. 그는 마을 전체를 돌아다니며 거의 모든 사람들과 다시 인사를 나눴다. 두 오두막집에서는 심지어 쫓겨나기까지 했다. 한 귀여운 젊은 여자가 삽으로 그의 등을 제대로 후려치기도 했다. 그가 그녀의 블라우스와 치마가 어떤 재질로 만들어졌는지 호기심이 나서 만질 생각을 했기 때문이었다. 그러나 시간이 저녁에 가까워지자 철학생은 점점 생각에 잠기기 시작했다. 저녁 식사 한 시간 전에 모든 하인들은 모여 크라글리 놀이[19]를 했다. 여기서는 공 대신에 긴 막대기를 사용했고 이긴 사람이 진 사람의 등에 올라탈 권리를 갖게 되어 있었다. 이 놀이는 보는 사람들에게 매우 큰 재미를 주었다. 블린[20]처럼 둥근 얼굴을 한 마부가 허약하고 키가 작고 주름살투성이인 돼지치기의 등에 자주 올라탔다. 그 다음에 마부가 자신의 등을 내밀면 도로쉬가 그 위에 올라타고서 "참으로 튼튼한 황소일세!"라고 말했다. 부엌 문턱 주위에는 더 점잖은 사람들이 앉아있었다. 그들은 파이프 담배를 피우면서 젊은이들이 마부나 스피리드의 재치있는 말에 웃음을 터뜨

---

19 일종의 볼링같은 것으로 기둥을 세워놓고 큰 공을 굴려 쓰러뜨리는 놀이이다.
20 밀가루에 우유를 섞어 얇고 둥글게 부친 일종의 팬케이크로 러시아의 대표적인 민속 음식이다.

릴 때조차 아주 심각한 표정으로 쳐다보고 있었다. 호마는 이 놀이에 끼어보려 했지만 헛수고였다. 어떤 어두운 상념이 대못처럼 그의 머릿속에 박혀 떠나질 않았다. 저녁식사를 하면서 아무리 흥을 내려고 노력해 봐도 공포가 하늘을 뒤덮는 먹구름처럼 그의 속에서 불타올랐다.

"자, 때가 되었네. 신학생 양반!" 도루쉬와 함께 자리에서 일어나면서 이미 낯익은 회색 머리칼의 카자크가 말했다. "일을 하러 가야지."

호마는 다시 똑같은 방식으로 교회로 인도되었다. 또다시 그를 혼자 남겨두었고 문을 잠갔다. 혼자 남겨지자마자 다시금 두려움이 그의 가슴에 자리 잡기 시작했다. 그는 또다시 어두운 성상화와 빛나는 틀, 위협적인 정적 속에서 교회 한가운데 꿈쩍 않고 놓여있는 익숙한 검은 관을 보았다.

"뭐, 이제 나한테 이건 이상한 일도 아니야. 그건 처음에나 무서운 거지. 그래! 처음에만 조금 무서울 뿐이야. 이제 더 이상 무서울 거라곤 없어. 이제 전혀 무섭지 않다고". 그는 이렇게 중얼거렸다.

그는 서둘러 성가대석에 서서 자기 주변에 원을 긋고 몇 번 주문을 외우고 난 후에, 책에서 눈을 들지 않은 채 어떤 것에도 주의를 기울이지 않기로 결심하고서 큰 소리로 낭독을 시작했다. 벌써 한 시간가량 책을 읽은 후 그는 약간 피곤함을 느껴 기침을 하기 시작했다. 그는 주머니에서 뿔 모양으로 생긴 코담배 상자를 꺼냈다. 담배를 코로 가져가기 전에 그는 겁에 질린 눈으로 관을 쳐다보았다. 그의 심장이 싸늘해졌다.

시체는 이미 금 위에서, 바로 그의 앞에 서서 녹색으로 변해버린 죽은 눈으로 그를 쏘아보고 있었다. 신학생은 흠칫 몸을 떨었다. 냉기가 그의 모든 혈관을 타고 흐르는 느낌이었다. 그는 눈을 책으로 내리깔고 더 큰 목소리로 기도문과 주문을 읽기 시작했다. 그리고 시체가 다시금 이빨을 딱딱 부딪히면서 그를 잡으려고 팔을 휘젓는 소리를 들었다. 그러나 살짝 한쪽 눈으로 곁눈질하면서 그는 시체가 그가 서있는 곳이 아닌 다른 곳에서 그를 잡으려 하고 있으며, 그를 볼 수 없다는 것을 알게 되었다. 그녀는 탁한 소리로 웅얼거렸고 죽은 입술로 무시무시한 말을 하기 시작했다. 그 말들은 끓어오르는 타르같이 쉰 목소리가 흐느껴 우는 것처럼 들렸다. 그는 그 말의 의미를 알 수가 없었지만 그 속에는 무엇인가 무서운 것이 담겨 있었다. 철학생은 공포를 느끼며 그녀가 주문을 외우고 있다는 것을 알아챘다. 그 말로 인해 교회 안에 바람이 불기 시작했고 무수히 많은 날개들이 펄럭거리는 것 같은 소음이 들리기 시작했다. 그는 교회 창문 유리와 철로 된 창틀에 날개들이 부딪히는 소리와 발톱으로 철을 긁는 날카로운 소리, 많은 악령들이 문을 부수고 억지로 들어 오려고 하는 소리를 들었다. 그동안 그의 심장은 세차게 뛰었다. 눈을 질끈 감은 채로 그는 계속 주문과 기도문을 읽었다. 마침내 갑자기 멀리서 무슨 소린가 들려왔다. 멀리서 수탉이 우는 소리였다. 기진맥진한 철학생은 멈추고 잠시 숨을 돌렸다.

철학생과 교대하기 위해 들어온 사람들은 간신히 살아있는 그를 발견했다. 그는 벽에 등을 기대고 눈을 부릅뜨고서 꼼짝도 않은 채 그를 툭툭 치는 카자크들을 쳐다보았다. 사람들은 그를 거의 끌어내다시피 했고 길을 가는 내내 그를 부축해야만 했다. 주인의 집 마당에 도착하자 그는 기운을 차리고는 보드카 한 잔을 내달라고 주문했다. 보드카를 다 마시고 난 그는 머리칼을 쓰다듬고는 말했다. "세상에는 온갖 더러운 것이 많은 법이야. 엄청나게 공포스러운 일도 일어나곤 하지. 그래..." 이 말을 하면서 그는 손을 내저었다.

그의 주위에 몰려든 무리는 이 말을 듣고는 고개를 숙였다. 마굿간을 청소할 때나 물을 날라와야 할 때 하인들이 자기 마음대로 대신 일을 시키곤 했던 작은 소년, 이 가엾은 소년조차 입을 벌리고 듣고 있었다.

이때 그다지 나이가 많지 않은 아낙이 둥글둥글하고 탄탄한 몸매를 드러내는 치마를 두르고서 그 옆을 지나고 있었다. 그녀는 늙은 여자 요리사를 도와주는 아낙이었는데 엄청나게 교태를 부리는 여자였다. 그녀는 리본 조각이라든지 카네이션, 다른 것이 없으면 종이 조각이라도 항상 머릿수건에 꽂을 것을 찾곤 했다.

"안녕, 호마!" 그녀는 철학생을 보고 말했다. "에구, 에구, 에구! 대체 무슨 일이야?" 그녀는 두 손을 부딪치면서 소리를 질렀다. "뭐가, 어리석은 여편네야?" "아이고, 맙소사! 너 머리가 완전히 세어버렸잖아." "에헤! 정말 저 여편네 말이 맞구만!" 그를 빤히 바라보면서 스피리드가 말했다. "우리 야프투흐 노인처럼 머리가 하얗게 세어버렸어."

철학생은 이 말을 듣고는 황급히 부엌으로 달려갔다. 그곳에 파리가 잔뜩 들러붙은 삼각형 거울이 벽에 걸려 있다는 것을 알고 있었던 것이다. 거울 앞에는 물망초와 빙카가 꽂혀 있었고 심지어 금잔화로 만든 화환까지 놓여 있었다. 이것은 세련되고 교태를 부리기 좋아하는 여자의 화장을 위해 이 거울이 있다는 사실을 보여주는 것이었다. 그는 끔찍하게도 그들의 말이 진실이라는 것을 알게 되었다. 그의 머리칼이 정확히 절반이나 하얗게 세어버렸던 것이다.

호마 부르트는 고개를 떨구고 생각에 잠겼다. 그리고 마침내 말했다. "주인 나리께 가 보아야겠어. 그분께 모든 것을 말씀드리고 더 이상 기도문을 읽고 싶지 않다고 설명해야겠어. 지금 당장 나를 키예프로 보내달라고 해야지." 이런 생각을 하면서 그는 주인집의 현관을 향해 발걸음을 옮겼다.

수령은 자신의 방에서 거의 꿈쩍도 하지 않은 채 앉아 있었다. 전에 그의 얼굴에서 보았던 그 절망적인 슬픔이 지금까지 고스

란히 남아있었다. 단지 뺨이 전보다 훨씬 더 깊숙이 들어갔을 뿐
이었다. 그는 음식을 아주 조금만 먹거나 어쩌면 아예 입에 대지
도 않는 것 같았다. 보기드문 창백함이 꿈쩍도 않는 돌같은 인상
을 부여하고 있었다.

"안녕한가, 가엾은 친구." 손에 털모자를 들고 문간에 멈춰 서
있는 호마를 보고 그가 말했다. "그래, 자네 일은 어떤가? 다 잘
되고 있는가?" "잘되고 있습니다, 잘되고 있지요. 악마가 어찌나
설쳐대는지 털모자를 들고 발이 가는대로 도망쳐야 할 판입니
다." "어째서 그렇지?" "그러니까 나리, 따님이... 상식적으로 판
단하면 물론 그분은 나리의 혈육이지요. 그 점은 누구도 반박하
지 못할 겁니다. 다만 이런 말씀을 드려도 화내지 않으시길 바랍
니다. 하느님이 그분의 영혼을 평온케 하시기를..." "딸애가 어
쨌다는 건가?" "사탄을 불러들였어요. 어찌나 두려운지 성경이
읽어지지가 않아요." "읽게, 계속 읽게! 그 애가 자네를 공연히
부른 건 아닐 테니. 내 사랑스러운 딸, 그 애는 자기 영혼을 염려
해서 기도로 모든 나쁜 생각을 몰아내고 싶어 했다네." "뜻은 알
겠습니다, 나리. 하지만 저도 어쩔 수가 없어요!" "읽게, 읽으라
고!" 수령은 똑같은 훈계조의 목소리로 계속 말했다. "자네에게
는 이제 하룻밤만 남지 않았나. 자네는 기독교도다운 일을 하는
것이고 나는 자네에게 충분히 보상하겠네." "어떤 상을 내리시
더라도... 나리께서는 마음대로 하십시오. 저는 더 읽지 않겠습

니다!" 호마는 단호하게 말했다. "이봐, 철학생!" 수령의 목소리는 확고하고 준엄해졌다. "나는 그따위 지어낸 이야기를 좋아하지 않아. 네놈은 신학교에서는 그렇게 할 수 있을지 몰라도 우리 집에서는 안돼. 내가 매질하는 건 학장이 하는 것과는 다르지. 자네는 훌륭한 가죽 채찍이 어떤 건지 알고는 있나?" "어떻게 모르겠습니까!" 철학생은 목소리를 낮추면서 말했다. "가죽 채찍이 어떤 건지는 누구나 다 알지요. 많이 맞으면 도저히 견뎌낼 재간이 없지요." "그래. 하지만 자네는 아직 내 농노들이 자네를 반쯤 죽여놓을 수도 있다는 것은 모를걸세!" 수령은 일어서면서 준엄하게 말했다. 그의 얼굴은 슬픔 때문에 잠시 누그러졌던 쉬 제어되지 않는 그의 성격을 모두 드러내주듯 위압적이고 사나운 표정을 띠었다.

"먼저 반쯤 죽여놓고 다음에는 보드카를 뿌리지. 그리고 또다시 시작하는 거야. 그러니 가게, 가! 너에게 맡겨진 일을 수행하라고! 그렇지 않으면 일어날 수 없게 될 테니. 수행하면 수천 개의 금화를 받게 될 거고!"

"이런 이런! 이런 성가신 자를 봤나. '철학생은 밖으로 나오면서 생각했다.' 농담할 상대가 아니야. 가만, 가만있어보게, 친구. 그래도 나는 도망을 가고 말 거야. 당신의 개들이라도 따라잡을 수 없을걸."

호마는 반드시 도망치기로 마음을 먹었다. 그는 점심 식사 시

간이 지나기를 기다렸다. 그때가 되면 모든 하인들은 헛간 아래
쌓여있는 건초더미 속으로 들어가 입을 벌리고 자는 습관을 가
지고 있었다. 그들은 큰 소리로 코를 골고 쉭쉭 소리를 내서 주
인의 창고는 공장이 되어버린 것 같았다. 마침내 그 시간이 다가
왔다. 심지어 야프투흐도 햇볕 아래 몸을 쭉 펴고서 눈을 감았
다. 철학생은 두려움과 떨리는 마음으로 슬그머니 주인의 정원
으로 향했다. 들판으로 달아나기에는 그곳이 더 편리하고 눈에
띄지 않을 것 같았다. 이 정원은 통상 그렇듯 끔찍할 정도로 방
치되어 있었고 아마도 온갖 비밀스러운 계획에 매우 많이 이용
되어온 것 같았다. 집안일 때문에 사람이 지나다닌 조그만 길을
제외하면 다른 모든 곳은 무성하게 자란 벚나무, 딱총나무, 우엉
으로 울창하게 뒤덮여 보이질 않았다. 나무들은 끈적끈적한 분
홍색 방울이 달린 긴 줄기를 한껏 위로 뻗고 있었고, 홉 덩굴은
그물처럼 이 모든 다채로운 나무들과 관목들이 모여있는 윗부분
을 덮어 지붕을 만들고 있었다. 그 지붕은 울타리에 겨우 기댔다
가 야생 들 질경이와 함께 뱀처럼 또아리를 틀며 울타리에서 떨
어져 있었다. 정원의 경계 구실을 하는 울타리 뒤로는 잡초로 우
거진 숲이 나 있었다. 그 숲은 누구도 안을 들여다볼 호기심조차
갖지 못할 것 같았고, 딱딱해진 두꺼운 그루터기를 혹시 누군가
베려고 건드리기라도 하면 오히려 낫이 산산조각이 되어 날아가
버릴 것만 같았다. 철학생이 울타리를 넘으려 할 때 그의 이빨

은 딱딱 부딪혔고 심장은 너무 세차게 뛰어서 스스로도 놀랄 정도였다. 그의 긴 외투자락은 누군가 그것을 못으로 고정시켜놓은 것처럼 땅에 들러붙어 버린 듯했다. 그가 울타리를 넘어서고 있을 때, 귀청이 찢어지는 듯한 쩌렁쩌렁한 소리가 들리는 것 같았다. "어디로 가는 거야? 어디로?" 철학생은 잡초 속에 숨어들어 끊임없이 고목 뿌리에 걸려 넘어지고 발로 두더지를 밟으면서도 냅다 달렸다. 잡초 밖으로 기어나온 그는 들판을 건너야 한다는 것을 알았다. 들판 너머로는 울창한 가시나무가 검게 보였는데, 그곳이라면 안전할 것 같았다. 그의 예상대로라면 그곳을 건너면 키예프로 곧장 가는 길이 나올 것이었다. 그는 즉시 들판을 가로질렀고 울창한 가시나무 수풀에 이르렀다. 그는 통행세 대신에 자신의 외투 자락을 날카로운 가시에 남겨두고 가시나무 사이를 기어서 통과했고 조그맣게 움푹 파인 곳에 도달했다. 가지를 사방에 뻗고 있는 버드나무가 거의 땅에 닿을 정도로 기울어져 있었다. 작은 샘이 은처럼 순백색으로 빛나고 있었다. 참을 수 없는 갈증을 느꼈기 때문에 철학생이 한 첫 번째 일은 엎드려 실컷 물을 마시는 것이었다. "물이 기가 막히군!" 그는 입술을 닦으며 말했다. "여기서 좀 쉴 수 있으면 좋겠는데" "아니, 앞으로 달리는 게 나을걸. 쫓아오지 못하도록 말이야!"

이 말은 바로 그의 귀 위에서 울렸다. 그는 주위를 둘러보았다. 그의 앞에 아프투프가 서 있었다.

'악마 같은 야프투흐놈!' 철학생은 마음속으로 생각했다. '네놈 다리를 잡아서... 네놈의 추한 상판대기와 네놈에게 붙어 있는 모든 것을 참나무 방망이로 두들겨 주면 좋으련만.'

"쓸데없이 길을 돌아갔군." 야프투흐가 계속 말했다. "내가 온 길을 택했다면 훨씬 나았을 텐데. 마굿간 옆으로 난 길 말이야. 거기다 외투가 아깝게 됐군. 안감이 좋은 건데 말이야. 한 아르쉰[21]에 얼마나 줬지? 어쨌거나 실컷 돌아다녔으니 이제 집으로 가야지." 철학생은 머리를 긁적이면서 아프투흐를 따라 터덜터덜 걸어갔다. 그는 생각했다. "이제 저주스런 마녀가 내게 복수를 할 거야! 그런데 내가 정말 뭘 하고 있는 거지? 뭘 두려워하고 있는 거야? 나는 카자크가 아닌가? 어쨋거나 나는 이틀 밤을 꼬박 읽지 않았냐 말야. 하느님이 사흘째 밤도 도와주실거야. 저주스런 마녀는 죄를 꽤 많이 지은 모양이야. 더러운 영이 그녀 뒤에 그렇게 많으니 말이야." 그가 주인의 마당에 들어설 때 이런 상념들이 그를 사로잡았다. 그런 생각들로 용기를 낸 그는 창고 관리인의 비호 하에 가끔 주인의 지하창고에 드나들곤 했던 도로쉬에게 보드카 한 통을 꺼내와 달라고 부탁했다. 두 친구는 헛간 아래 앉아 반 통을 비웠다. 철학생은 갑자기 벌떡 일어서서 소리쳤다. "악사들! 당장 악사들을 불러!" 그리고는 악사들

---

21 구러시아의 척도단위로 1 아르쉰은 71.12 센티미터이다.

을 기다리지도 않고 마당 한가운데 깨끗이 청소된 장소에서 신나게 춤을 추기 시작했다. 그는 점심시간이 될 때까지 춤을 추었고, 그런 경우 무리를 지어 모이곤 했던 하인들은 그에게 자리를 양보하고는 마침내 침을 뱉고 나서 이렇게 말하면서 가버렸다. "원 사람이 이렇게 오랫동안 춤을 출 수도 있나!" 마침내 철학생은 그곳에 누워 잠이 들었다. 나무 통에 가득 채운 차가운 물을 끼얹고 나서야 저녁 식사에 맞추어 그를 깨울 수 있었다. 저녁을 먹으면서 그는 카자크란 누구인지, 카자크는 이 세상에서 아무 것도 두려워해서는 안된다는 것에 대해 이야기했다.

"시간이 되었네." 야프투흐가 말했다. "가자고."

'이 저주스런 거세한 돼지 같은 놈! 네 혀에 이쑤시개를 꽂았으면 좋으련만.' 철학생은 이렇게 생각하고는 일어나서 말했다. "가십시다."

길을 가면서 철학생은 끊임없이 양옆을 돌아보았고 자신을 데려가는 사람들과 가벼운 대화를 나누었다. 그러나 야프투흐는 말이 없었고 도로쉬도 그다지 말을 많이 하지 않았다. 지옥과 같은 밤이었다. 멀리서 한 떼의 늑대들이 모여 울부짖고 있었다. 개가 짖는 소리도 왠지 무섭게 들렸다.

"뭔가 다른 것이 짖는 것만 같아. 이건 늑대가 아니야." 도로쉬가 말했다. 야브투흐는 아무 말이 없었다. 철학생은 아무 할 말이 없었다.

그들은 교회에 가까이 다가갔고 낡은 목조 지붕 아래에 발을 들여놓았다. 그 지붕은 그 땅의 주인이 얼마나 하느님과 자신의 영혼에게 무심한지를 여실히 보여주고 있었다. 야프투흐와 도로쉬는 전처럼 물러났고 철학생 혼자 남았다. 모든 것이 똑같았다. 모든 것이 여전히 무시무시하고 익숙한 모습을 띠고 있었다. 그는 잠시 멈춰서 있었다. 한가운데에 여전히 꿈쩍하지 않는 끔찍한 마녀의 관이 놓여 있었다. "겁내지 않을 거야, 절대로 겁내지 않을 거야!" 그는 이렇게 말하고 전처럼 자기 주위에 원을 긋고 알고 있는 모든 주문을 기억해 내기 시작했다. 무시무시한 정적이 흘렀다. 촛불은 흔들리면서 교회 전체에 빛을 흘려보내고 있었다. 철학생은 한 장을 넘기고 또 한 장을 넘겼는데, 자신이 책에 전혀 쓰여있지도 않은 것을 읽고 있다는 것을 깨달았다. 그는 두려움을 느끼며 성호를 긋고 찬송가를 부르기 시작했다. 그러니 약간 용기가 생겨났다. 낭독이 진행될수록 책장들이 한 장씩 어른거리며 지나갔다. 갑자기…정적 한가운데서…철로 된 관 뚜껑이 삐걱소리를 내면서 열렸고 시체가 벌떡 일어났다. 그 모습은 처음보다 더 공포스러웠다. 이빨은 소름끼치게 서로 맞부딪혔고 입술은 경련을 일으키며 실룩거렸다. 끔찍한 쇳소리를 내면서 주문이 퍼져나갔다. 교회 안에 회오리 바람이 일었고 성상화들이 바닥으로 떨어졌다. 깨진 창문 유리가 위에서 아래로 날아 떨어졌다. 문짝이 경첩에서 떨어져 나갔고 셀 수 없이 많은 괴물들이 하느님의 교회로 날아들었다. 날개를 퍼득이는 소리와 발톱으로 긁어대는 소리가 교회를 가득 메웠다. 모두가 사방에서 철학생을 찾으면서 날아다니고 돌아다니고 있었다.

마지막 남아있던 취기가 호마의 머리에서 빠져나갔다. 그는 오직 성호를 그으며 닥치는 대로 기도문을 읽고 있었다. 동시에 더러운 영이 그의 주위에서 돌아다니면서 날개 끄트머리와 혐오스러운 꼬리로 거의 자신을 낚아챌 뻔하는 소리를 들었다. 그는 그것들을 자세히 볼 정신이 없었다. 단지 벽 전체를 차지할 만큼 어떤 거대한 괴물이 숲과 같이 뒤엉킨 머리칼을 하고 서 있는 것을 보았을 뿐이었다. 뒤엉킨 머리칼 사이로 눈썹을 약간 위로 치켜올리고 두 개의 눈이 무시무시하게 쳐다보고 있었다. 그의 머리 위에는 무엇인가 거대한 거품 모양을 한 것이 천 개의 집게와 전갈의 침을 중심으로부터 잡아늘이고 공중에 매달려 있었다. 검은 흙덩이가 그것들 위에 걸려 있었다. 모든 괴물들이 그를 쳐다보고 찾고 있었지만 신비한 원에 둘러싸인 그를 보지는 못했다. "비이를 데려오세요! 비이를 데리러 가세요!" 시체의 말이 울려퍼졌다. 그러자 갑자기 교회 안에 정적이 찾아왔다. 멀리서 늑대가 울부짖는 소리가 들렸고, 곧 교회 안에 울려퍼지는 쿵쿵거리는 무거운 발소리가 들렸다. 곁눈질로 쳐다본 그는 괴물들이 땅딸막하고 우람한 몸집을 하고 다리가 구부러진 한 사람을 데려오는 것을 보았다. 힘줄투성이의 단단한 나무뿌리처럼 그의 팔 다리는 흙으로 뒤덮여 튀어나와 있었다. 그는 계속 발을 헛디디면서 무겁게 걸었다. 긴 눈썹은 땅바닥까지 늘어져 있었다. 호마는 공포를 느끼며 그의 얼굴이 철로 되어 있는 것을 보았다. 괴물들은 그의 팔을 붙잡고 호마가 서 있는 곳으로 곧장 데리고 왔다.

"내 눈꺼풀을 올려주시오. 볼 수가 없소!" 비이는 땅속에서 나는 듯한 목소리로 말했다. 그러자 모든 괴물이 한 덩어리가 되어 그의 눈꺼풀을 들어 올리려고 달려들었다. '쳐다보지 마!' 마음속에서 들리는 어떤 목소리가 철학생에게 속삭였다. 그러나 그는 참지 못하고 쳐다보았다.

"저기 녀석이 있다!" 비이가 소리치며 그를 향해 철로 된 손가락을 가리켰다. 그러자 거기 있는 괴물들이 한꺼번에 철학생에게 달려들었다. 숨을 쉴 수 없게 된 그는 쿵 하고 바닥으로 쓰러졌고 곧바로 공포로 인해 그에게서 영이 떠나버렸다. 수탉의 울음소리가 울려 퍼졌다. 벌써 두 번째 울음소리였다. 난장이 귀신들은 첫 번째 울음소리를 미처 듣지 못했다. 놀란 악령들이 서둘러 빠져나가려고 닥치는 대로 창문과 문들로 달려갔다. 그러나 그들이 바라던 대로 되지는 않았다. 그들은 문들과 창문에 들러붙어 버렸고 그곳에 남겨졌다. 안으로 들어온 사제는 하느님의 성소가 그런 모욕을 당한 것을 보고 멈춰 섰다. 그는 감히 그런 장소에서 추도 예식을 거행할 수가 없었다. 그리하여 문과 창문에 괴물들이 달라붙은 채로 교회는 영원히 남겨졌다. 숲과 나무뿌리, 잡초, 야생 엉겅퀴로 뒤덮여서 누구도 이제는 그곳으로 가는 길을 찾을 수 없을 것이다.

이 소문이 키예프까지 퍼지자 마침내 신학생 할랴바가 철학생 호마의 운명에 대해 듣게 되었다. 그는 한 시간 동안 상념에 잠겼다. 그 한 시간 동안 그에게는 커다란 변화가 일어났다. 행운이 그에게 미소를 지어 졸업 후 그는 가장 높은 종루의 종지기가 되었다. 그는 언제나 코가 깨진 모습으로 나타나곤 했다. 그 이유는 종루로 올라가는 나무 계단이 매우 형편없이 만들어졌기 때문이었다.

"호마에게 무슨 일이 있었는지 들었어요?" 이미 철학생이 되어 새로 콧수염을 기른 티베리 고로베츠가 그에게 다가와서 말했다.

"하느님이 그렇게 하신 것이지." 종지기 할랴바가 말했다. "술집에 가서 그의 영혼을 기리세나!"

열정가 다운 열의를 가지고 자신의 권리를 누리기 시작하여 넓은 바지와 외투, 심지어 털모자까지 술과 담배 냄새를 풍겨댄 철학생은 당장 좋다는 뜻을 밝혔다.

"호마는 참 좋은 사람이었어!" 절름발이 술집 주인이 그의 앞에 세 번째 잔을 내려놓았을 때 종지기가 말했다. "대단한 사람이었지! 그런데 아무 이유도 없이 죽어버렸어."

"그러나 나는 그가 왜 죽었는지 알아요. 두려워했기 때문이죠.

만약 두려워하지 않았다면, 마녀는 그에게 아무 짓도 하지 못했을 거예요. 그저 성호를 긋고 마녀의 꼬리에 침을 뱉었다면 아무 일도 일어나지 않았을 거예요. 나는 이미 다 알고 있어요. 우리 키예프에서 시장에 앉아 있는 여자들은 전부 마녀들이니까 말예요."

이 말에 종지기는 동의의 표시로 고개를 끄덕였다. 그러나 그의 혀가 꼬여 단 한 마디도 할 수 없다는 것을 알게 된 그는 탁자에서 조심스럽게 일어나 좌우로 흔들거리면서 가장 멀리 떨어진 잡초 속으로 몸을 숨기러 떠났다. 그러나 예전 버릇대로 긴 의자 위에서 뒹굴고 있는 낡은 구두 밑창을 슬쩍 가져가는 것은 잊지 않았다.

이반 이바노비치와 이반 니키포로비치가 싸운 이야기

이 이야기에 묘사된 사건은 아주 오래전에 일어났다. 나는 이 사실을 미리 알려주는 것이 도리라고 여긴다. 게다가 이 야기는 완전히 다 꾸며낸 것이다. 지금의 미르고로드는 예전 과는 아주 다르다. 건물들도 다르고 도시 한복판에 있던 웅 덩이는 이미 오래전에 다 말라버렸다. 모든 고관들, 판사, 판 사 보좌인[1], 시장은 존경할만하고 선한 의도를 가진 이들이다.

- 1 -
이반 이바노비치와 이반 니키포로비치

이반 이바노비치의 가죽 외투는 얼마나 훌륭한가! 정말 더할 나위 없이 훌륭하다. 양모¥毛는 또 어떻구! 후, 화가 치미네, 그

---

1   소러시아에서 판사를 돕거나 대리하기도 했던 직위

양모란! 회청색에 눈처럼 하얗게 빛난다! 그런 코트를 가진 사람은 또 없으리라고 나는 장담할 수 있다! 부디 그것을 한번 쳐다보시라. 특히 그가 누군가와 이야기하기 시작할 때 옆에서 쳐다보시라. 얼마나 멋진지! 도저히 묘사할 수가 없을 지경이다. 벨벳! 은! 불! 오 하느님! 하느님의 종 기적을 행하는 니콜라이 성인[2]이시여! 어째서 내게는 그런 외투가 없단 말입니까! 그는 아가피야 페도세예브나가 아직 키예프를 다녀오기 전에 이미 그것을 지어 입었다. 아가피야 페도세예브나를 아시는지? 그 왜 의장의 귀를 깨물었던 그 여자 말이다. 이반 이바노비치는 훌륭한 사람이다! 미르고로드에 있던 그의 집은 또 어떤가! 그의 집을 둘러싼 처마는 사방으로 참나무 줄기 위에 얹어져 있고 그 아래에는 어디나 벤치가 놓여있다. 이반 이바노비치는 날씨가 아주 더워질 때면 외투와 속옷까지 벗어던지고 루바쉬카 하나만 입은 채로 처마 아래 앉아서 마당과 길에서 무슨 일이 벌어지고 있는지 바라보곤 한다. 창문 바로 아래에는 얼마나 훌륭한 사과나무와 배나무가 자라고 있는지! 창을 한번 열어보시라, 그러면 가지들이 바로 방 안으로 쑥 들어온다. 이 모든 것이 집 앞의 광경이다. 여러분이 그의 집 정원을 한번 보았으면 좋겠다! 거기에 없는 게 있을까? 살구나무, 벚나무, 체리, 채소밭에서 자라는

---

2 270년 경에서 345년 경까지 살았던 성인으로 산타클로스의 기원이 되는 인물이다.

온갖 야채란 야채는 다 있다. 해바라기, 오이, 드냐, 각종 콩, 심지어 곡식창고와 대장간까지 있다. 이반 이바노비치는 정말 훌륭한 사람이다! 그는 드냐를 아주 좋아한다. 드냐는 그가 제일 좋아하는 음식이다. 그는 점심 식사를 마치고 루바쉬카만 입은 채 처마 아래로 나가서 곧바로 가프카에게 드냐 두 개를 가져오라고 명령한다. 그리고 그것을 잘라서는 씨를 특별한 종이에 모아 담으며 먹기 시작한다. 그리고 나서 가프카에게 잉크병을 가져오라고 해서 친필로 씨를 싼 종이 위에 이렇게 서명을 하는 거다. "이 드냐는 몇 월 며칠에 먹은 것임." 만약 이때 어떤 손님이라도 와 있으면 "아무개 씨와 함께 먹었음"이라고 쓴다. 이미 고인이 된 미르고로드의 판사는 항상 이반 이바노비치의 집을 보고 감탄하곤 했다. 그렇다, 집이 정말 훌륭하기 때문이다. 나는 그 집의 모든 면에 크고 작은 현관들이 지어져 있는 것이 마음에 든다. 그래서 멀리서 집을 보면 하나 위에 또 하나가 얹어져 있는 지붕들만 보인다. 지붕들은 블린을 가득 담은 접시와 아주 닮았다. 아니 차라리 나무 위에서 마구 자라는 목이버섯과 닮았다고 하는 게 낫겠다. 지붕들은 모두 갈대를 이어 덮었다. 버드나무, 참나무, 그리고 두 그루의 사과나무가 길게 뻗은 가지들을 지붕에 기대고 있었다. 나무들 사이로 언뜻 언뜻 보이는 하얗게 칠해진 조각된 덧문을 댄 작은 창문들은 거리를 향해 달려 나가려는 것만 같았다. 이반 이바노비치는 훌륭한 사람이었다! 폴타바의 대표 위원도 그를 알 정도였으니까! 도로쉬 타라소비치 푸히보츠카는 호롤에서 올 때마다 항상 그의 집에 들르곤 했다. 콜리베르다에 사는 표트르 사제장은 그의 집에 다섯 명의 손님이 모일 때면 늘상 이렇게 말하곤 했다. 이반 이바노비치만큼 기독교인의 의무를 다하고 어떻게 살아야 하는지 아는 사람을 알지 못한다고. 주여, 시간이 얼마나 빠르게 흘러가는지요! 그가 홀아비가 된 지도 벌써 십 년이 지났다. 그에게는 자식이 없었다. 가프카에게는 자식들이 있어서 마당을 뛰어다니곤 했다. 이반 이바노비치는 항상 그 아이들에게 부블릭[3]이나 드냐나 배를 한 조각씩 주곤 했다. 가프카는 헛간과 지하 창고, 그리고 그의 침실에 놓여 있는 큰 궤짝의 열쇠를 가지고 다녔다. 그러나 한가운데 있는 헛간의 열쇠만큼은 이반 이바노비치 자신이 가지고 다녔고 누구도 그곳에 들여보내는 걸 좋아하지 않았다. 가프카는 싱싱한 종아리와 뺨을 가진 건강한 아낙이었다. 이반 이바노비치는 얼마나 경건한 사람이었던지! 그는 매 주일마다 외투를 입고 교회로 갔다. 교회 안에 들어가면 이반 이바노비치는 사방으로 인사를 한 후, 보통 성가대석에 자리를 잡고 앉아서 베이스 음으로 노래를 썩 잘 불렀다. 예배가 끝나면 이반 이바노비치는 모든 걸인들을 다 둘러보지 않고는 견디지 못했다. 만약 그의 타

---

3 가락지 모양으로 생긴 두꺼운 빵

고난 천성이 그렇게 하도록 부추기지 않았다면, 그는 아마도 그런 지루한 일을 하고 싶어 하지 않았을 것이다. "잘 지냈는가, 가엾은 여인네!" 그는 헝겊으로 기워 다 찢어진 옷을 입고 있는 가장 몸을 못 쓰게 된 여자를 찾아내서 이렇게 인사하곤 했다. "자네는 어디서 왔는가?" "저는 나으리, 마을에서 왔습니다. 삼일째 마시지도 먹지도 못했답니다. 제가 낳은 자식들이 저를 쫓아냈답니다." "가엾게 됐구만 그래. 그래 왜 여기로 온 게야?" "그저 나으리, 동냥이나 하려고 왔지요. 누군가 빵 살 돈이라도 줄까 해서요." "음! 정말 빵을 원하는 건가?" 보통 이반 이바노비치는 이렇게 물었다. "어떻게 원하지 않을 수가 있겠습니까! 개처럼 허기져 있는데요." "음!" 이반 이바노비치는 보통 이렇게 대답하곤 했다. "혹시 고기는 원하지 않는가?" "자비로우신 분께서 베푸시는 것이라면 뭐든 만족합지요." "음! 정말 고기가 빵보다 낫다는 말이지?" "배고픈 사람이 가릴 것이 있나요. 주시는 것이면 뭐든 좋지요." 보통 이렇게 말하면서 노파는 손을 내밀었다. "자, 이제 그만 가봐. 뭣 땜에 서 있는거야? 내가 때리기라도 한단 말인가!" 이반 이바노비치는 이렇게 말하고 다른 사람, 또 다른 사람에게 똑같은 질문을 하고는 마침내 집으로 돌아가거나 보드카 한 잔 하러 이웃에 사는 이반 니키포로비치나 판사, 아니면 시장의 집에 들르곤 했다. 이반 이바노비치는 누군가 그에게 선물을 하거나 대접을 하는 것을 아주 좋아했다. 대접받는 것이 마음에 아주 들었던 것이다.

　이반 니키포로비치도 아주 좋은 사람이었다. 그의 마당은 이반 이바노비치의 마당 옆에 있었다. 그들은 세상에 다시없을 친구였다. 지금까지도 하늘색 소매가 달린 갈색 프록코트를 입고 일요일마다 판사의 집에서 점심 식사를 하는 안톤 프로코피예비치 푸포푸즈는 악마가 이반 니키포로비치와 이반 이바노비치를 새끼줄로 묶어놓았다고 말하곤 했다. 한 사람이 어디를 가면 다른 사람이 줄에 묶인 듯 그곳으로 따라가곤 했다. 이반 니키포로비치는 결혼한 적이 없었다. 사람들은 그가 결혼한 적이 있다고 말을 했지만, 그건 새빨간 거짓말이었다. 나는 이반 니키포로비치를 아주 잘 알고 있다. 그래서 그에게는 심지어 결혼할 생각조차 없었다고 말할 수 있다. 도대체 어디서 그런 소문들이 생겨나는 걸까? 이반 니키포로비치가 뒤에 꼬리를 달고 태어났다는 말까지 떠돌고 있었다. 그러나 이런 거짓말은 너무나 어처구니없는 데다 혐오스럽고 점잖지도 않아서 나는 교육받은 독자들 앞에서 그것을 반박하는 것이 필요하다고 생각조차 하지 않는다. 뒤에 꼬리가 달린 것은 마녀들, 그것도 적은 수의 마녀들이라는 것, 어쨌든 그들은 남성이 아니라 여성이라는 것을 교육받은 독자들이 알고 있다는 것은 의심할 여지가 없다. 그들이 서로에게 대단히 애착하고 있었음에도 불구하고 그들은 서로 전혀 비슷한 데가 없었다. 그들의 성격은 서로 비교해보면 더 잘 알 수 있었다. 이반 이바노비치는 아주 유쾌하게 말하는 특별한 재주를 가지고 있었다. 맙소사, 그는 어찌나 말을 잘하는지! 그 느낌은 누군가 여러분의 머리를 만지며 무엇을 찾거나 여러분의 발뒤꿈치를 손가락으로 천천히 훑는 것과 비교할 수 있었다. 계속 듣고 있다 보면 머리를 떨구게 된다. 기분 좋은 일이다! 아주 기분이 좋다! 마치 목욕 후에 잠을 자는 기분이랄까. 이반 니키포로비치는 반대로 말이 없었다. 대신 말을 내뱉으면, 조심해야 한다. 면도 칼보다 더 날카롭게 베이고 말 테니까. 이반 이바노비치는 말랐고 키가 컸다. 이반 니키포로비치는 약간 키가 작은 대신 옆으로 퍼져있었다. 이반 이바노비치의 머리는 순무가 바로 서 있는 모양이었고, 이반 니키포로비치의 머리는 순무가 거꾸로 서 있는 모양이었다. 이반 이바노비치는 점심 식사 후에야 처마 밑에서 루바쉬카만 입은 채 눕곤 했다. 그리고 저녁 무렵이 되면 외투를 입고 그가 밀가루를 대고 있는 시내의 가게에 가거나 메추라기를 잡으러 들로 나가곤 했다. 이반 니키포로비치는 하루 종일 현관에 누워 있었다. 너무 덥지 않은 날이면 보통 태양 쪽으로 등을 향하고 누워서는 아무 데도 가고 싶어 하지 않았다. 아침에 문득 생각이 들면 마당을 한바퀴 돌며 집안을 살펴보고는 다시 쉬곤 했다. 그도 예전에는 이반 이바노비치 집을 방문하곤 했다. 이반 이바노비치는 아주 섬세한 사람이어서 점잖은 대화에서 절대로 무례한 말을 하지 않았고, 그런 말을 들으면 곧

바로 화를 내곤 했다. 그런데 이반 니키포로비치는 가끔 조심을 하지 않아서 말실수를 하곤 했다. 그러면 이반 이바노비치는 의례 자리에서 일어나서는 이렇게 말했다. "됐네, 됐어, 이반 니키포로비치. 그런 불경한 말을 하느니 햇볕이나 쬐는 게 좋겠네." 이반 이바노비치는 보르쉬[4]에 파리가 빠지기라도 하면 크게 화를 냈다. 그는 자제력을 잃고 접시를 집어던졌다. 주인은 호되게 꾸지람을 들었다. 이반 니키포로비치는 목욕하는 것을 매우 좋아했다. 그는 물속에서 목만 내놓고 앉아서 그 자리에 상을 차리고 사모바르[5]를 내오게 했다. 그는 그렇게 시원한 곳에서 차를 마시는 것을 매우 좋아했다. 이반 이바노비치는 일주일에 두 번, 이반 니키포로비치는 일주일에 한 번 면도를 했다. 이반 이바노비치는 호기심이 매우 강했다. 무엇이든 그에게 이야기를 하기 시작하면 끝까지 이야기하지 않고는 배기질 못했다! 그리고 뭔가 불만스러우면 그는 꼭 지적을 했다. 반면에 이반 니키포로비치는 겉으로 봐서는 그가 만족했는지, 화가 났는지 도무지 알 길이 없었다. 그에게 무슨 기쁜 일이 생기더라도 그는 절대 표시를 내지 않았다. 이반 이바노비치는 약간 겁쟁이였다. 이반 니키포로비치는 그와는 반대로 어찌나 바지 폭이 넓던지 그것을 부풀

---

4 사탕무우를 넣고 끓여 붉은 색이 도는 스프
5 차를 우려낼 물을 끓이는 도구로 과거에는 숯을 넣어 물을 끓였다.

리면 헛간과 바깥채가 다 들어갈 정도였다. 이반 이바노비치는 담배 색깔의 커다랗고 표현력이 풍부한 눈을 가지고 있었고 그의 입은 고대 러시아 마지막 문자인 Ѵ를 닮았다. 이반 니키포로비치의 눈은 작고 누런색이었고 숱이 많은 눈썹과 통통한 뺨 사이에 완전히 묻혀 있었다. 코는 다 익은 살구 모양이었다. 이반 이바노비치가 담배를 권할 때는 항상 먼저 혀로 담배갑 뚜껑을 핥고는 손가락으로 툭 튕겨 연 다음, 아는 사람일 경우 "선생님, 맡아보시라고 권하는 것이 실례가 되지 않을는지요?"라고 말했다. 모르는 사람일 경우에는 "선생님, 관직과 성함, 부칭을 알지 못하면서 맡아보시라고 권하는 것이 실례가 되지 않을는지요?"라고 말했다. 이반 니키포로비치는 담배 상자를 곧바로 손님의 손에 쥐어주고는 "하시죠"라고 덧붙일 뿐이었다. 이반 이바노비치와 마찬가지로 이반 니키포로비치도 벼룩을 아주 싫어했다. 그래서 이반 이바노비치도 이반 니키포로비치도 유대인 상인을 그냥 보내는 법이 없었다. 이 해충을 박멸하는 약이 담긴 다양한 통을 사기 위해서였다. 그런데 그들은 먼저 실컷 혼구멍을 내어 그가 유대교 신앙을 고백하도록 만들곤 했다.

어쨌건 몇 가지 다른 점이 있기는 했지만 이반 이바노비치와 이반 니키포로비치는 둘다 훌륭한 사람이었다.

- 2 -

이반 이바노비치가 무엇을 원했는지, 이반 이바노비치와
이반 니키포로비치가 무엇에 대해 이야기했는지,
그리고 그 대화가 어떻게 끝났는지 알 수 있는 이야기

7월이었다. 아침에 이반 이바노비치는 처마 밑에 누워 있었다. 날은 더웠고 공기는 건조했고 물결처럼 넘실대고 있었다. 이반 이바노비치는 벌써 도시 밖에 사는 풀 베는 사람의 집과 마을에 다녀왔다. 마을에서 농부들과 아낙네들을 만나면 그는 어디 갔다 왔는지, 어디로 가는지, 왜 가는지 꼬치꼬치 캐물었다. 두려움이 사라지자 그는 쉬기 위해 누웠다. 누운 채로 그는 오랫동안 헛간과 마당, 광, 마당에서 뛰고 있는 닭들을 쳐다보고 속으로 생각했다. "하느님 맙소사, 내가 이 모든 것의 주인이라니! 나에게 없는 것이 무엇일까? 새들, 바깥채, 헛간, 온갖 독특한 맛으로 담근 보드카. 정원에는 배나무와 살구나무가 있고 텃밭에는 양귀비, 배추, 콩이 있고... 나한테 도대체 없는 것이 뭐야?... 나한테 없는 게 뭔지 알고 싶군." 스스로에게 이런 의미심장한 질문을 던지고는 이반 이바노비치는 생각에 잠겼다. 그러는 사이 새로운 사물을 찾던 그의 눈은 울타리 너머 이반 니키포로비치의 마당에서 벌어지는 흥미로운 광경에 사로잡혔다. 깡마른 아낙네가 늘상 하듯이 오래된 옷을 꺼내와 바람에 쐬이려고 늘어진 줄에 널고 있었다. 곧 소매 부리가 접히고 낡아빠진 제복이 공기 중에 소매를 뻗고 비단 자켓을 감쌌다. 그다음에는 황실 문장이 새겨진 단추와 좀이 먹은 깃이 달린 귀족의 의복이 모습을 내밀었다. 언젠가 이반 니키포로비치의 다리에 꽉 끼었던, 지금은 그의 손가락에나 끼일만한 얼룩이 묻은 흰색의 캐시미어 바지, 그 뒤에는 곧바로 Л 자 모양의 다른 옷들이 널렸다. 그다음에는 20년쯤 전에 이반 니키포로비치가 군대에 가려고 콧수염을 길렀을 때 맞춘 푸른색 카자크 속옷이 등장했다. 마침내 공중에 솟은 첨탑같이 생긴 칼이 하나씩 나타났다. 그다음에는 5 코페이카 정도 크기의 구리 단추가 달린 풀 색깔과 비슷한 녹색 카프탄[6] 옷자락이 휘날렸다. 그 옷자락 뒤로 금색 장식끈이 달리고 앞은 크게 잘라낸 조끼가 보였다. 조끼는 수박을 넣을 수 있을만큼 큰 주머니가 달린 고인이 된 할머니의 낡은 치마에 곧 덮여버렸다. 이 모든 것이 합쳐져서 이반 이바노비치에게 매우 흥미로운 구경거리를 제공했다. 그러는 사이 햇빛은 푸른 색이나 녹색의 소매, 접힌 붉은 소맷자락, 혹은 금색 비단의 어느 부분을 군데군데 비추거나, 첨탑 같이 생긴 칼 위에서 뛰놀면서 그것을 유랑하는 장사치들이 마을을 돌아다니며 공연하는 베르텝[7]과 비

---

6 옷자락이 긴 농민 외투
7 그리스도의 탄생에 대한 인형극

슷한, 뭔가 특별한 것으로 만들고 있었다. 그 광경은 특히 사람들이 촘촘히 모여 서서 황금 왕관을 쓴 헤롯 왕이나 염소를 모는 안톤을 바라볼 때와 비슷했다. 무대 뒤에서는 바이올린이 날카로운 소리를 냈다. 집시는 북 대신 손으로 입술을 때리며 소리를 냈다. 해는 저물고 남쪽 밤의 신선한 냉기가 통통한 마을 아가씨들의 싱싱한 어깨와 가슴에 더 강하게, 하지만 눈에 뜨이지 않게 달라붙었다. 곧 노파는 등자가 찢어진 오래된 안장, 다 닳아버린 피스톨 가죽 케이스, 금색으로 수를 놓고 구리로 된 금속판이 달린 한때 선홍색이었던 안장 덮개를 등에 지고 넋두리를 하면서 광에서 나왔다. "어리석은 노파 같으니!" 이반 이바노비치는 생각했다. "저러다가 이반 니키포로비치까지 바람에 쐬이려고 끌고 나오겠군그래!" 그런데 정말이었다. 이반 이바노비치의 추측이 전혀 틀린 것이 아니었다. 오분 쯤 후에 무명으로 지은 이반 니키포로비치의 바지가 나타나더니 마당의 거의 절반을 차지해 버리고 말았다. 그 후에 그녀는 또 털 모자와 권총을 내왔다. "이게 뭘 의미하는 거지?" 이반 이바노비치는 생각했다. "나는 이반 니키포로비치네 집에서 권총을 본 적이 한 번도 없는데 말야. 뭘 하려는 거야? 쏘지도 않으면서 권총을 가지고 있다니! 그게 왜 그에게 필요한 거지? 그런데 물건이 아주 좋은걸! 나는 저런 걸 오랫동안 갖고 싶었어. 나는 저 권총을 정말 갖고 싶어. 나는 권총을 가지고 노는 게 좋아."

"이봐, 할멈, 할멈!" 이반 이바노비치는 손가락으로 손짓하면서 소리쳤다.

노파는 담장 쪽으로 다가왔다.

"할멈, 가지고 있는 게 뭔가?"

"보시다시피 권총 입지요."

"무슨 권총인가?"

"무슨 권총인지 누가 압니까요! 제 것이라면 무엇으로 만들었는지 알 수 있을지 모르지만 주인마님 것인데요."

이반 이바노비치는 일어나서 권총을 이리저리 살펴보기 시작했다. 그러느라고 바람을 쐬이기 위해 권총을 칼과 함께 넌다고 노파를 꾸짖는 것을 잊어버렸다.

"이건 철로 만든 것 같은데요." 노파가 계속 말했다.

"음! 철이라. 왜 철이지?" 이반 이바노비치는 혼잣말을 했다.

"주인님이 오랫동안 갖고 계셨나?"

"아마도 오래 되었을 겁니다."

"좋은 물건이군!" 이반 이바노비치는 계속 말했다. "내가 졸라봐야겠어. 그가 권총을 가지고 무얼 하겠어! 아니면 다른 것과 바꾸든지. 이봐 할멈, 주인님은 집에 계신가?"

"집에 계시지요."

"뭘 하고 계시나? 누워 계신가?"

"누워 계시지요."

"알았네. 내가 찾아가 보겠네."

이반 이바노비치는 옷을 입고 개들을 쫓기 위해 가지가 촘촘하게 돋아난 막대기를 손에 들었다. 왜냐하면 미르고로드의 길에서는 사람보다 개를 훨씬 더 많이 만나기 때문이다. 그는 출발했다.

이반 니키포로비치의 마당은 이반 이바노비치의 마당 옆에 있어서 윗가지로 엮은 울타리를 통해 건너갈 수 있었다. 하지만 이반 이바노비치는 길로 나가서 걸어갔다. 이 길에서는 골목을 지나가야 했는데, 그 골목은 너무 좁아서 말 한 마리가 끄는 마차 두 대가 만나기라도 하면 서로 떼어낼 수가 없었다. 그래서 마차의 뒷바퀴를 잡고 서로 다른 쪽으로 끌어당겨 길로 나갈 때까지 그런 상태로 멈춰 서있어야만 했다. 길을 걷는 사람은 울타리 양옆에 자라고 있는 꽃과 우엉으로 치장을 하게 마련이었다. 이 골목 한쪽으로는 이반 이바노비치의 헛간이 보였고, 다른 쪽으로는 이반 니키포로비치의 광과 대문, 그리고 비둘기장이 보였다. 이반 이바노비치는 대문으로 다가갔다. 빗장이 절꺽거리는 소리가 났다. 안에서 개 짖는 소리가 커졌다. 그러나 여러 종[註]이 뒤섞인 개 무리는 익숙한 얼굴을 보고는 꼬리를 흔들며 곧 뒤로 달려갔다. 이반 이바노비치는 마당을 가로질러갔다. 마당은 이반 니키포로비치가 직접 자기 손으로 키우고 있는 칠면조와 수박, 드냐 껍질, 군데군데 자라난 푸른 풀, 망가진 바퀴, 혹은 나무통의 테, 혹은 더러운 루바쉬카를 입고 빈둥거리고 있는 소년으로 다채로운 광경을 연출하고 있었다. 화가들이 좋아하는 그런 광경이었다! 널어놓은 옷들의 그림자가 마당을 거의 다 덮어버려 약간 서늘한 기운이 느껴졌다. 노파는 절을 하며 그를 맞이했고 하품을 하면서 제 자리에 서 있었다. 집 앞에는 참나무 두 그루 위에 처마를 얹은 현관이 멋진 모습을 하고 있었다. 처마는 태양으로부터 믿을만한 가림막이 되지 못했다. 이 시기 소러시아의 태양은 장난치는 것을 좋아하지 않아서 길을 가는 사람이 머리부터 발까지 뜨거운 땀으로 푹 젖게 만들었던 것이다. 이것만 보아도 이 시간에 집 밖에 나오려고 결심했을 때 꼭 필요한 물건을 얻으려는 이반 이바노비치의 바람이 얼마나 강렬했는지를 알 수 있었다. 심지어 그는 저녁에만 산책을 나가는 평상시의 습관을 변경했던 것이다.

이반 이바노비치가 들어선 방은 완전히 컴컴했다. 덧문이 닫혀있었기 때문이었다. 햇빛은 덧문에 난 구멍을 통과하면서 무지개 빛깔을 띠었고 맞은편 벽에 부딪히면서 그 벽에 갈대 지붕과 나무들, 마당에 널려있는 옷들로 다채로운 풍경을 그리고 있었는데, 다만 이 모든 것을 거꾸로 그리고 있었다. 이 모든 것은 방에 빛이 반만 들어오는 듯한 놀라운 효과를 연출하고 있었다.

"수고하네!" 이반 이바노비치가 말했다.

"아! 안녕한가, 이반 이바노비치!" 방 구석에서 목소리가 대답했다. 그때서야 이반 이바노비치는 바닥에 깔린 양탄자 위에 누워있는 이반 니키포로비치를 발견했다. "자네 앞에 알몸을 보여서 미안하네." 이반 니키포로비치는 아무 것도, 심지어 루바쉬카조차 입지 않고 있었다.

"괜찮네. 간밤에 잘 잤나, 이반 니키포로비치?"

"잘 잤네. 자네는 잘 잤나, 이반 이바노비치?"

"잘 잤네."

"그러면 지금 일어난 건가?"

"지금 일어나다니? 무슨 소린가, 이반 니키포로비치! 어떻게 이 시간까지 잘 수 있단 말인가! 나는 막 마을에서 오는 길일세. 길에서 보니 곡식이 정말 잘 익었지 뭔가! 감탄할 정도야! 건초는 어찌나 크고 부드럽고 황금빛이 나는지!"

"고르피나!" 이반 니키포로비치는 소리쳤다. "이반 이바노비치께 보드카와 스메타나를 넣은 파이를 갖다 드려."

"오늘은 날이 좋아."

"날씨를 칭찬하지 말게, 이반 이바노비치. 이런 날씨는 악마나 가져가라고 하게. 더위를 피할 수 있어야 말이지."

"이런, 그런 데다 악마를 들먹거릴 필요야. 이봐, 이반 니키포로비치! 자네가 내 말을 기억하게 될 때는 이미 늦을 걸세. 불경한 말 때문에 저세상에 가면 혼줄이 날걸세."

"내가 자네 맘을 상하게 했나, 이반 이바노비치? 나는 자네 아버지나 어머니를 입에 올리지도 않았네. 내가 무엇으로 자네 맘을 상하게 했는지 모르겠군."

"이제 됐네, 됐어, 이반 니키포로비치!"

"정말이지 나는 자네 마음을 상하게 한 일이 없네, 이반 이바노비치!"

"피리를 불어도 메추라기가 아직까지 오지 않는 게 이상하군."

"자네가 원하는 대로 맘대로 생각하게. 나는 자네 맘을 상하게 한 일이 없으니까."

"왜 녀석들이 안 오는지 모르겠군." 이반 이바노비치는 이반 니키로포비치의 말이 들리지 않는 양 말했다. "아직 때가 아니라서 그런가. 지금이 올 때인 것 같은데 말이야."

"곡식이 잘 익었다고 했나?"

"감탄할 정도야, 감탄할 정도라고!" 이 말 후에 침묵이 이어졌다.

"그런데 이반 니키포로비치, 옷을 널어놓았던데?" 마침내 이반 이바노비치가 말했다.

"맞네. 망할 할멈이 거의 새 것이나 다름없는 아주 좋은 옷을 다 썩게 만들어놨다네. 지금 바람에 쐬이는 중이지. 천이 얼마나 섬세하고 훌륭한지 뒤집기만 하면 다시 입을 수 있지."

"그 중에 물건 하나가 마음에 들던데, 이반 니키포로비치."

"어떤 게?"

"말해 보게, 옷과 함께 바람에 쐬이려고 내놓은 권총이 도대체 자네에게 무슨 소용이 있나?" 이 말을 하면서 이반 이바노비치는 담배를 내밀었다. "하겠는가?"

"됐네, 자네나 하게! 나는 내 걸 하겠네!" 이 말을 하면서 이반 니키포로비치는 주변을 손으로 더듬더니 담배 상자를 찾아냈다. "이 어리석은 할멈이 권총을 거기다 내다 걸다니! 소로친스크에서는 유대인이 좋은 담배를 만든다네. 그 안에 뭘 집어넣는지는 모르겠지만, 향이 기가 막히다네! 향쑥과 좀 비슷하지. 가져다가 입안에 넣고 조금 씹어보게. 정말 향쑥과 비슷하지 않은가? 가져가 보게, 맛을 한번 보게나!"

"말해보게, 이반 니키포로비치, 나는 권총 이야기를 하고 있네. 자네가 그걸 갖고 무엇을 하겠나? 자네에게는 전혀 필요 없지 않은가."

"필요없다니? 쏠 때도 있다네."

"맙소사, 이반 니키포로비치, 자네가 도대체 언제 쏜다는 건가? 두 번째 강림 때나 그러겠지. 내가 알고 다른 사람들이 기억하는 한 자네는 오리 한 마리 죽여본 적이 없네. 그리고 하느님은 자네의 천성을 총을 쏘도록 만들지 않으셨어. 자네의 풍채와 몸집은 위엄이 있지. 어떻게 자네가 늪을 헤매고 다닐 수 있겠나? 대화를 나눌 때 이름을 붙이기도 껄끄러운 자네 옷을 지금 바람에 쐬이고 있는데 말이야. 그럼 어떻게 해야 하겠나? 아니, 자네에게는 쉼, 휴식이 필요하네. (이반 이바노비치는 앞에서 언급했듯이 누군가를 설득할 필요가 있을 때는 특별히 표현력이 풍부하게 말을 하곤 했다. 그가 말하는 모습이란! 맙소사, 그가 말하는 모양새란!) 그렇다네, 자네는 점잖게 행동해야 하네. 내 말을 듣게, 권총을 내게 넘기게!"

"어떻게 그럴 수가 있나! 그 권총은 비싼 걸세. 지금 그런 권총은 어디서도 구할 수가 없단 말이야. 나는 벌써 입대할 때 그것을 터키인에게서 샀지. 그런데 지금 갑자기 그것을 넘기라니! 어떻게 그럴 수가 있겠나? 그건 꼭 필요한 물건이야."

"뭐 하는 데 꼭 필요하단 말인가?"

"뭐 하는데 필요하다니? 집에 강도가 들기라도 하면... 꼭 필요하고 말고. 주님 감사합니다! 지금 나는 평온하고 아무도 두렵지 않다네. 왜냐고? 우리 집 광에 권총이 있다는 걸 알기 때문이지."

"좋은 권총이야! 그런데 이반 니키포로비치, 권총의 폐쇄기가 망가졌던데."

"무슨 소린가, 망가지다니? 고치면 되지. 녹슬지 않게 삼씨로 만든 기름을 바르기만 하면 되는데."

"자네 말을 들으니 이반 니키포로비치, 나는 도저히 나에 대한 우정 어린 마음을 볼 수가 없네. 자네는 우정의 표시로 나에게 아무 것도 하길 원치 않는 건가?"

"무슨 소릴 하는 건가, 이반 이바노비치. 내가 자네에게 어떤 우정도 갖고 있지 않다니? 부끄럽지도 않은가! 자네 황소가 우리 초원에서 풀을 뜯고 있어도 나는 한번도 그 황소를 빌린 적이 없네. 자네가 폴타바에 갈 때마다 내게 마차를 요청할 때 어땠나? 내가 한번이라도 거절한 적이 있던가? 자네 집의 아이들이 울타리를 기어 넘어와서 내 집 마당에서 우리 집 개들과 놀아도 나는 아무 말도 하지 않네. 놀게 두는 거지, 아무 것도 건드리지만 않는다면 말이야! 놀게 두는 거라고!"

"주고 싶지 않다면, 그럼 교환을 하세나."

"그것 대신 무엇을 줄 수 있나?" 이 말을 하면서 이반 니키포로비치는 팔에 얼굴을 괴고 이반 이바노비치를 바라보았다.

"그 대신 갈색 돼지를 주지. 우리 돼지 비육장에서 먹인 그 돼지 말이야. 아주 훌륭한 돼지라네! 두고 보게, 내년이 되면 새끼 돼지들을 낳아줄 걸세."

"이반 이바노비치, 나는 자네가 어떻게 그런 말을 하는지 이해하지 못하겠네. 나한테 자네 돼지가 무슨 소용이 있나? 악마에게 추도식이라도 하라는 건가?"

"또! 악마 얘기를 안 할 수는 없는 건가! 죄를 짓는 거네, 정말이지 죄를 짓는 거야, 이반 니키포로비치!"

"정말이지 이반 이바노비치, 자네가 권총 대신 무엇을 주려는지 악마나 알 일이군. 돼지라니."

"어째서 악마나 안다는 건가, 이반 니키포로비치?"

"어째서라니, 자네 스스로 잘 생각해보게나. 권총이라는 게 뭔지는 누구나 다 알고 있는 게 아닌가. 그런데 돼지가 뭔지는 악마나 알 걸세. 만약 자네가 아닌 다른 사람이 말했다면, 나는 그것을 모욕으로 받아들였을 거네."

"도대체 돼지에게 무슨 나쁜 점이 있다는 건가?"

"자네는 도대체 나를 누구라고 생각하는 건가? 내가 그 돼지를..."

"앓게나, 앓게나! 그만 하겠네... 자네 권총을 그냥 가지고 있게. 광 한구석에서 녹슨 채로 있게 하게. 더 이상 그것에 대해 말하고 싶지 않네."

이 말 후에 긴 침묵이 흘렀다.

"이웃의 세 왕이 우리 차르에게 전쟁을 선포했다고들 말하던데." 이반 이바노비치가 말을 시작했다.

"맞네. 표트르 표도로비치가 내게 말해주었지. 이게 무슨 전쟁인가? 무엇 때문에 전쟁을 한다는 거야?"

"무엇 때문인지 말할 수가 없는 모양이네, 이반 니키포로비치. 내 생각에는 그 왕들이 우리가 터키의 신앙을 받아들이기를 원하는 것 같네."

"바보들이로군. 뭘 원한다고!" 고개를 쳐들며 이반 니키포로비치가 말했다.

"이보게, 우리 차르께서도 그들에게 전쟁을 선포했다네. 말하기를, 아니다, 너희들이 그리스도의 신앙을 받아들여라 그러셨다는 거야."

"그래서? 우리 군대가 그들을 쳐부수겠지, 이반 이바노비치!"

"쳐부수고말고. 그러니 이반 니키포로비치, 권총을 바꾸지 않겠나?"

"참 이상하군, 이반 이바노비치. 자네는 학식이 있다고 알려져 있는 사람인데 미성년처럼 말을 하니 말이야. 내가 바보가 아니고서야…"

"앉게나, 앉게. 그만두세! 녹슬게 내버려 두게. 다시는 말하지 않겠네!.."

이때 간단한 먹을거리가 나왔다.

이반 이바노비치는 작은 술잔을 비우고 스메타나를 곁들여 파이를 먹었다.

"들어보게, 이반 니키포로비치. 돼지 외에도 귀리 두 자루를 주겠네. 자네는 귀리를 심지 않았으니 말이야. 올해는 어차피 귀리를 사야 할 게 아닌가."

"정말이지 이반 이바노비치, 자네하고 말하려면 콩을 잔뜩 먹어야겠구만.[8] (이건 별 것도 아니다. 이반 니키포로비치는 그런 표현을 놓치는 법이 없었다.) 권총을 귀리 두 자루와 바꾸는 일을 본 적이 있는가? 아마 자네 외투를 내놓지는 않겠지."

---

8 비유적으로는 인내심이 많아야 한다는 뜻을 담고 있다.

"그렇지만 자네는 잊은 것 같군, 이반 니키포로비치. 내가 돼지도 주겠다고 한 걸 말야."

"뭐라고! 권총을 귀리 두 자루와 돼지와 바꾸다니?"

"뭐가 어떻단 말인가, 그게 적다는 건가?"

"권총하고 바꾸는데?"

"물론, 권총하고 지."

"권총을 두 자루와?"

"비어있는 두 자루가 아니라 귀리가 들어있는 거지. 돼지는 잊었나?"

"자네 돼지와 입맞춤이나 하게. 그게 싫으면 악마하고 나 하든지!"

"오! 자네를 건드리기만 하면 그 얘기 군! 이보게, 저세상에 가면 그렇게 불경스러운 말을 한 자네 혀를 뜨거운 바늘로 꿰매버릴걸세. 자네와 이야기한 후에는 얼굴과 손을 씻고 향을 피워야 할 판이네."

"이보게나, 이반 이바노비치. 권총은 고상한 물건이네. 가장 호기심을 자아내는 재밌거리인데다 방을 기분좋게 장식해주기도 하지..."

"이반 니키포로비치, 자네는 권총에 대해서 정말 시시한 말만 하는군." 이반 이바노비치는 짜증을 내며 말했다. 정말 그는 화가 나기 시작했던 것이다.

"그러는 자네는 이반 이바노비치, 진짜 숫거위야."

만약 이반 니키포로비치가 이 말을 하지 않았다면, 그들은 싸우고 나서 언제나처럼 친구로 헤어졌을 것이다. 그러나 이제는 전혀 다른 일이 일어나고 말았다. 이반 이바노비치의 얼굴은 온통 붉게 변했다.

"자네 무슨 말을 한 건가, 이반 니키포로비치?" 그는 목소리를 높이며 물었다.

"자네가 숫거위를 닮았다고 말했네, 이반 이바노비치!"

"이보게 귀족 양반, 자네는 사람의 지위와 성에 대한 예의와 존경을 잊어버리고 어떻게 감히 그런 무례한 명칭으로 남의 명예를 더럽힐 수가 있는가?"

"여기 무슨 무례한 것이 있다는 건가? 정말 자네는 왜 그렇게 손을 흔들어 대는 건가, 이반 이바노비치?"

"다시 말하지만, 어떻게 자네는 감히 모든 예의를 어기고 나를 숫거위라고 부를 수 있단 말인가?"

"자네 머리에 침이라도 뱉고 싶구만, 이반 이바노비치! 도대체 그렇게 큰 소리를 내는 이유가 뭔가?"

이반 이바노비치는 더 이상 자제할 수 없었다. 그의 입술이 떨렸다. 입은 평상시의 Γ 모양에서 변하여 O 모양과 비슷해졌다. 그는 눈을 너무나 격렬하게 깜빡거려서 무섭기까지 했다. 이런 일은 이반 이바노비치에게 매우 드물었다. 그런 표정을 보려면 그를 격렬하게 화나게 해야만 했다.

"그렇다면 나는 자네에게 선언하겠네," 이반 이바노비치는 말했다. "나는 자네와 더 이상 알고 지내고 싶지 않네."

"큰 재앙이로군! 그렇다 해도 나는 그 일로 울지 않겠네!" 이반 니키포로비치가 대답했다. 그는 거짓말을 하고 또 하고 계속하고 있었다! 그는 매우 속이 상했던 것이다.

"다시는 자네 집에 발을 들여놓지 않겠네."

"오호!" 이반 니키포로비치는 짜증을 내면서 어찌해야 할 바를 모르고 평상시와 다르게 벌떡 일어섰다. "이봐, 할멈, 아이야!" 이 말에 문 뒤에서 그 깡마른 노파와 키가 작은 소년이 길고 넓은 프록코트에 몸을 감싼 채 나타났다. "이반 이바노비치의 팔을 잡고 문밖으로 모셔나가거라!"

"뭐라고! 감히 귀족을? 이반 이바노비치는 위엄과 노기가 서린 목소리로 소리쳤다. "감히 건드리기만 해봐라! 어디 와봐! 네 놈들을 네 어리석은 주인과 함께 없애 버릴 테니까! 까마귀가 너희 있는 곳을 찾지 못하게 해 줄 테니! (이반 이바노비치는 영혼이 충격을 받아 흔들릴 때면 평상시과 다르게 강하게 말하곤 했다.) 이 모든 조합은 강력한 그림을 만들어 내었다. 이반 니키포로비치는 방 한가운데서 아무것으로도 꾸미지 않은 채 완전한 아름다움을 드러내며 서 있었다! 노파는 입을 벌린 채 얼굴에 가장 무의미하고 공포에 가득 찬 표정을 짓고 있었다! 이반 이바노비치는 로마의 연단이 묘사되는 방식으로 손을 높이 올리고 있

었다! 이것은 쉽게 볼 수 없는 순간이었다! 웅장한 연극이라고
할까! 그중에 관객은 단 한 명, 엄청나게 큰 프록코트를 입은 소
년이었는데, 그 아이는 아주 태평하게 서서 손가락으로 코를 후
비고 있었다.

마침내 이반 이바노비치가 모자를 집어 들었다.

"아주 훌륭한 행동이네, 이반 니키포로비치! 멋져! 자네를 기
억해두지."

"가게나, 이반 이바노비치, 가게! 그리고 조심하게, 내 눈에 띄
지 말게. 그렇지 않으면 이반 이바노비치, 내가 자네 면상을 갈
기고 말걸세!"

"그 말을 했으니 이거나 받게, 이반 니키포로비치!" 이반 이바
노비치는 이렇게 대답하고 엄지손가락을 두 손가락 사이에 끼워
내보이며 문을 쿵 닫고 나갔다. 문은 끼익 소리를 내며 다시 열
렸다.

이반 니키포로비치는 문간에 서서 뭔가 더 말하고 싶었으나, 이
반 이바노비치는 돌아보지도 않고 마당에서 날 듯이 떠나버렸다.

이반 이바노비치와 이반 니키포로비치가 싸운 후에 일어난 일

이렇게 미르고로드의 명예이자 자랑인 두 점잖은 남자가 싸웠다! 무엇 때문에? 별것도 아닌 숫거위 때문에 싸운 것이다. 그들은 다시는 서로 보고 싶어 하지 않았고 모든 관계를 끊었다. 전에는 뗄레야 떼어놓을 수 없는 친구로 알려져 있었던 이들이 말이다! 매일 이반 이바노비치와 이반 니키포로비치는 서로의 건강을 묻고 언제나 자기 집 발코니에서 서로 이야기를 나누었으며 서로에게 얼마나 기분 좋은 말을 했던지 그들의 대화를 듣는 것은 마음을 즐겁게 해 주었었다. 일요일마다 이반 이바노비치는 두터운 모직 외투를, 이반 니키포로비치는 무명으로 만든 황색과 갈색이 도는 헐렁한 웃옷을 입고 서로 팔짱을 끼다시피 붙어 교회로 향했다. 아주 예리한 눈을 가지고 있는 이반 이바노비치가 길 가운데서 먼저 웅덩이나 어떤 더러운 것을 보기라도 하면 (미르고로드에서 그런 일은 자주 있다) 그는 항상 이반 니키포로비치에게 말했다. "조심하게, 여기는 좋지 않으니 이쪽에 발을 딛지 말게." 이반 니키포로비치도 역시 가장 감동적인 우정의 표시를 보여주곤 했다. 아무리 멀리 서 있어도 항상 이반 이바노비치에게 담배 상자를 든 손을 뻗치며 말했다. "하시게나!" 게다가 두 사람의 집안 살림은 얼마나 훌륭했는가!..그리고 이 두 친구는…내가 그 일에 대해 들었을 때, 마치 벼락을 맞은 기분이었다! 나는 오랫동안 믿고 싶지가 않았다. 의로운 하느님이시여! 이반 이바노비치와 이반 니키포로비치가 싸우다니요! 그렇게 훌륭한 사람들이! 이 세상에 변치않는 것이 이제 있기나 한 겁니까?

이반 이바노비치는 집에 돌아와서 오랫동안 심한 흥분 상태에 놓였다. 그는 여느 때라면 먼저 마굿간에 가서 암말이 건초를 먹는지 살펴보곤 했다.(이반 이바노비치에게는 이마에 흰 얼룩이 있는 회색빛이 도는 암말이 있었다. 아주 좋은 말이었다.) 그다음에는 칠면조과 새끼 돼지에게 손수 먹이를 주고 그 후에야 방으로 가곤 했다. 방에서 그는 나무로 그릇을 만들거나 (그는 선반공 못지 않게 매우 솜씨가 좋아서 나무로 여러 가지 물건을 만들 수 있었다), 류비, 가리, 포포프[9]가 출판한 책을(이반 이바노비치는 책 제목을 기억하지는 못했다. 오래전에 아이를 재미있게 해주느라 하녀가 제목이 적힌 페이지의 윗부분을 뜯어버렸기 때문이다) 읽거나, 처마 밑에서 쉬곤 했다. 지금은 항상 하던 일이 전혀 손에 잡히지 않았다. 그 대신 가프카를 만나자 왜 아무것도 하는 일 없이 돌아다니느냐고 야단을 치기 시작했다. 그녀는 부엌으로 곡식을 나르는 중이었다. 그는 평상시에 주는 먹이를 얻으러 현관으로 온 수탉에게 막대기를 집어던졌다. 그리

---

9 19세기 초반의 러시아 출판업자들

고 다 찢어진 루바쉬카를 입은 더러운 모습의 사내아이가 그에게 달려와 "아빠, 아빠, 프랴닉[10]을 주세요!"라고 소리치자 무서운 얼굴을 하며 아이를 위협하고 발을 굴렀다. 놀란 사내아이는 어디론가 달려 도망쳤다.

그러나 마침내 그는 생각을 고쳐먹고는 항상 하던 일을 하기 시작했다. 그는 늦은 점심을 먹고 저녁이 되어서야 처마 밑에서 쉬기 위해 누웠다. 가프카가 요리한 비둘기 고기가 들어간 훌륭한 보르쉬가 아침에 있었던 일을 완전히 그의 머리에서 몰아내버렸다. 이반 이바노비치는 다시 만족스럽게 자신의 살림살이를 쳐다보기 시작했다. 마침내 그의 눈이 이웃집 마당에 머물렀고 그는 혼잣말을 했다. "오늘 나는 이반 니키포로비치에게 가지 않았어. 그에게 가보아야겠는걸." 이 말을 하고는 이반 이바노비치는 막대기와 모자를 집어 들고 거리로 향했다. 그러나 문을 나서자마자 싸움이 기억났고 그는 침을 뱉고는 다시 돌아왔다. 이반 니키포로비치의 마당에서도 거의 똑같은 일이 일어났다. 이반 이바노비치는 노파가 그의 마당으로 넘어 오려고 울타리에 발을 올려 놓는 것을 보았다. 그때 갑자기 이반 니키포로비치의 목소리가 들렸다. "돌아와! 돌아와! 필요 없어!" 이반 이바노비치는 매우 울적해졌다. 만약 이반 니키포로비치의 집에서 일어난 특별한 일

---

10   당밀로 만든 과자

이 모든 희망을 없애버리지 않았더라면, 그리고 꺼지려고 준비하고 있는 적대감의 불길에 기름을 붓지 않았더라면 이 훌륭한 사람들은 다음날에 충분히 화해할 수도 있었을 것이다.

그날 저녁 무렵 이반 니키포로비치에게 아가피야 페도세예브나가 찾아왔다. 아가피야 페도세예브나는 이반 니키포로비치의 친척도 처제도 심지어 대모도 아니었다. 그녀가 그에게 올 이유는 전혀 없었던 것 같다. 그 자신도 그녀가 오는 것을 별로 기뻐하지 않았다. 그러나 그녀는 와서 몇 주 동안 심지어 때로는 더 오래 그의 집에 머물곤 했다. 그녀는 그때 열쇠를 다 가져갔고 온 집안 살림을 자신의 수중에 넣었다. 이반 니키포로비치는 이것이 매우 불쾌했지만 그럼에도 아이처럼 그녀의 말을 들었다. 그는 가끔 논쟁하려고 시도했지만 항상 아가피야 페도세예브나가 이기곤 했다.

나는 고백하건대, 여자들이 찻주전자의 손잡이라도 되는 것처럼 우리들의 코를 그렇게 솜씨 좋게 잡도록 만들어진 이유가 무엇인지 도무지 이해하지 못한다. 그들의 손이 그렇게 창조된 것인지, 우리들의 코가 다른 데는 아무 짝에도 쓸모가 없는 것인지. 이반 니키포로비치의 코가 살구를 조금 닮았음에도 불구하고 그녀는 그 코를 잡고는 그를 마치 개처럼 데리고 다녔다. 그는 그녀가 있을 때는 심지어 자신도 모르게 평상시의 삶의 방식을 바꾸기까지 했다. 눕는다 해도 햇빛을 받으며 오래 누워 있지 않았고 벌거벗지도 않았으며, 아가피야 페도세예브나가 전혀 요구하지 않았는데도 루바쉬카와 넓은 바지를 입었다. 그녀는 격식 차리는 것을 좋아하지 않았다. 이반 니키포로비치가 열병에 걸렸을 때 그녀는 자기 손으로 머리부터 발끝까지 테레빈유와 식초로 그를 닦아주었다. 아가피야 페도세예브나는 머리에 부인용 두건을 쓰고 다녔고 코에는 세 개의 사마귀가 나 있었으며 노란색 꽃이 그려진 커피 색깔의 실내복을 입고 다녔다. 그녀의 몸매는 작은 통을 닮아서 허리를 찾는 것이 거울 없이 자기 코를 보는 것만큼이나 어려웠다. 그녀의 작은 발은 짧았고 두 개의 베개 모양으로 생겼다. 그녀는 험담하기를 좋아했고 아침마다 끓인 근대 즙을 먹었으며 욕을 아주 잘했다. 이 모든 다양한 일을 하면서도 그녀의 얼굴은 한시도 표정을 바꾸지 않았다. 그것은 일반적으로 여자들만이 할 수 있는 일이다.

그녀가 오자마자 모든 것은 거꾸로 돌아가기 시작했다. "이반 니키포로비치, 그 사람과 화해하지 말고 용서도 구하지 마세요. 그 사람은 당신을 파멸시키고 싶어 하는 거예요. 그는 그런 사람이니까! 당신을 그 사람을 아직 몰라요." 저주받을 여자는 계속 쉬쉬 거리는 소리를 내서 이반 니키포로비치는 이반 이바노비치에 대해 듣고 싶지 않을 지경이 되었다.

모든 것은 다른 양상을 띠게 되었다. 이웃집 개가 마당으로 들어오는 일이라도 있으면 아무것이나 손에 잡히는 것으로 맞았다. 담을 넘어온 아이들은 루바쉬카가 위로 올라가고 등에 회초리 자국이 나서 비명을 지르며 돌아갔다. 이반 이바노비치가 무엇인가에 대해 물어보고 싶어 할 때 그 여자는 어찌나 무례하게 행동했던지, 매우 섬세한 사람인 이반 이바노비치조차 침을 뱉으며 이렇게 말할 뿐이었다. "추악한 여편네 같으니라고! 주인보다 더 나쁘군!"

마침내 모든 모욕에 정점을 찍은 사건은 밉살스런 이웃이 평상시에 울타리를 뛰어넘을 수 있는 곳, 그의 집 바로 맞은편에 마치 모욕을 더하기 위해 특별히 의도한 듯 거위 우리를 지은 것이었다. 이반 이바노비치에게 혐오스럽기 그지없는 이 거위 우리는 단 하루 만에, 지독히 빠른 속도로 지어졌다.

이 일은 이반 이바노비치에게 악의와 복수하고 싶은 욕구를 일으켰다. 그러나 그는 그 우리가 그의 땅 일부를 차지했음에도 불구하고 조금도 짜증스런 티를 내지 않았다. 그러나 그의 심장이 어찌나 세게 뛰었던지 이 외관상의 평온을 유지하는 것이 그에게는 무척 힘이 들었다.

그렇게 하루가 지나갔다. 밤이 다가왔다... 오 내가 만일 화가였다면 밤이 가진 모든 매력을 놀랍게 묘사할 수 있었을 텐데! 나는 미르고로드 전체가 어떻게 잠드는지, 무수한 별들이 꼼짝도 하지 않고 미르고로드를 어떻게 바라보는지, 겉으로는 조용하지만 가까운 곳과 먼 곳에서 개 짖는 소리가 얼마나 크게 울려 퍼지는지, 사랑에 빠진 교회 종 치기가 개들 옆을 달려 기사다운 대담함으로 어떻게 울타리를 넘는지, 달빛을 받은 집의 흰 벽이 어떻게 더 희어지고 벽에 그림자를 드리우고 있는 나무들이 어떻게 더 검어지는지, 나무들의 그림자가 어떻게 더 검어지는지, 꽃과 아무 소리를 내지 않는 풀이 어떻게 더 향기를 뿜어내는지, 지치지 않는 밤의 기사인 귀뚜라미가 모든 구석에서 어떻게 시끄러운 노래를 불러대는지를 묘사했을 것이다. 나는 이 점토로 만든 낮은 집들 중 한 곳, 고독한 침대 위에서 몸을 뒤척이고 있는 검은 눈썹을 한 도시 아가씨가 젊은 가슴을 떨면서 경기병의 콧수염과 박차를 꿈꾸고 달빛이 그녀의 뺨 위에서 웃는 모습을 묘사할 수 있었을 것이다. 나는 집의 흰 굴뚝에 앉은 박쥐의 검은 그림자가 흰 길을 따라 어른거리는 모습을 묘사할 수도 있었을 것이다... 그러나 나는 이 밤에 손에 톱을 들고 집을 나서는 이반 이바노비치를 묘사할 수는 없었을 것이다. 그의 얼굴에는 얼마나 많은 다양한 감정들이 쓰여 있었는가! 그는 살금 살금 거위 우리로 다가가서 그 안으로 기어들어갔다. 이반 니키포로비치의 개들은 아직 그들 사이에 싸움이 일어난 사실에 대해서는 아무 것도 모르고 있었으므로, 오래된 친구처럼 그가 우리 곁으로 다가오는 것을 허용했다. 네 개의 참나무 기둥이 우리를 지탱하고 있었다. 그는 가까운 기둥 쪽으로 기어가서 그 기둥에 톱을 대고 톱질을 하기 시작했다. 톱이 내는 소음 때문에 그는 계속 주위를 둘러보았다. 그러나 그가 받은 모욕에 대한 생각을 하자 원기가 되살아났다. 첫 번째 기둥이 잘려나갔다. 이반 이바노비치는 두 번째 기둥을 자르는 데 착수했다. 그의 눈은 불타올랐고 공포 때문에 아무것도 볼 수 없었다. 이반 이바노비치는 갑자기 비명을 지르고 멍해졌다. 그에게 죽은 사람이 보였던 것이다. 그러나 곧 그것이 그를 향해 목을 쑥 내민 거위라는 것을 알고는 제정신을 차렸다. 이반 이바노비치는 화가 나서 침을 뱉고는 일을 계속하기 시작했다. 두 번째 기둥도 잘려나갔다. 건물이 흔들리기 시작했다. 이반 이바노비치의 심장이 너무나 빨리 뛰기 시작해서 세 번째 기둥을 자를 때 그는 여러 번 일을 멈추었다. 벌써 절반 이상이 잘려나갔을 때 흔들리던 건물이 갑자기 기울었다...이반 이바노비치는 건물이 우지끈 소리를 내며 무너질 때 가까스로 물러섰다. 그는 너무나 놀라서 톱을 움켜쥐고는 집으로 뛰어와서 침대에 몸을 던졌다. 그는 자신이 행한 끔찍한 일의 결과를 보기 위해 창문 쪽을 쳐다볼 용기조차 없었다. 이반 니키포로비치의 집안 사람들이 모두 모인 것 같은 생각이 들었던 것이다. 늙은 노파, 이반 니키포로비치, 엄청나게 큰 프록코트를 입고 있는 소년 등 모두가 아가피야 페도세예브나의 지휘 하에 몽둥이를 들고서 그의 집을 파괴하고 부수려고 오는 것만 같았다.

그 다음날 온종일 이반 이바노비치는 열병을 앓듯이 보냈다. 그는 밉살스런 이웃이 복수하려고 최소한 그의 집에 불을 지를 것 같은 기분이 느껴졌던 것이다. 그래서 그는 가프카에게 어딘가에 마른 건초라도 몰래 놓여있지 않은지 살펴보라고 끊임없이 지시했다. 결국 그는 이반 니키포로비치에게 경고하기 위해 먼저 선수를 쳐 미르고로드 군의 법정에 청원서를 제출하기로 결심했다. 그 청원서의 내용이 무엇인지에 대해서는 다음 장에서 알 수 있을 것이다.

- 4 -
미르고로드 군 법정에서 무슨 일이 있었는지에 대해

미르고로드는 놀라운 도시다! 이 도시에 없는 건물이란 없다! 건초, 갈대, 심지어 나무로도 지붕을 잇는다. 오른쪽에도 길이 있고 왼쪽에도 길이 있으며 어디나 아름다운 울타리가 있다. 울타리 위에는 홉이 얽혀 있고 남비들이 걸려 있다. 울타리 뒤로는 해바라기가 태양을 닮은 머리를 내밀고 있고 양귀비가 붉은빛을 내고 두꺼운 호박이 어른거린다... 멋진 풍경이다! 울타리는 항상 그것을 더 그림같이 보이게 만드는 물건들로 장식되어 있다. 걸려있는 앞치마나 셔츠, 혹은 넓은 바지 등으로. 미르고로드에는 절도나 사기가 없다. 그래서 누구나 걸고 싶은 것을 내다 건다. 광장으로 다가가면 아마도 주위의 풍경에 감탄하여 잠시 걸음을 멈추게 될 것이다. 광장에는 물웅덩이가 있는데 놀라운 웅덩이다! 당신이 본 것 중 그런 웅덩이는 유일할 것이다! 그것은 거의 광장 전체를 차지하고 있다. 멋진 웅덩이다! 멀리서 보면 건초 낟가리로 보이는 크고 작은 집들이 주위를 둘러싸고 그 웅덩이의 아름다움에 경탄하고 있다.

그러나 나는 군의 법원 건물보다 멋진 것은 없다고 생각한다. 나는 그것을 참나무로 지었는지 자작나무로 지었는지에는 관심이 없다. 그러나 존경하는 여러분, 그 건물에는 창문이 여덟 개나 있다! 여덟 개의 창문이 한 줄로 늘어서서 광장 쪽, 내가 이미 말했던, 시장市長이 호수라고 부르는 물이 엄청나게 많은 공간을 정면으로 바라보고 있다! 오직 그 건물만 화강암 색깔로 칠해져 있고 미르고로드의 다른 집들은 모두 흰색을 발라놓았다. 지붕은 모두 나무로 되어 있고 재계 기간에 마치 일부러 그런 것처럼 양파로 윤기를 낸 페인트를 서기들이 먹어버리지 않았더라면 붉은색으로 칠할 수도 있었을 것이다. 지붕은 칠하지 않은 채로 남아 있었다. 광장 쪽으로 현관이 나 있었는데, 닭들이 자주 현관으로 달려왔다. 그래서 현관에는 거의 항상 곡물이나 뭔가 먹이감이 될만한 것이 뿌려져 있었다. 그러나 그것은 의도적인 것이 아니고 오로지 방문자들의 부주의 때문이었다. 건물은 두 부분으로 나뉘어 있었다. 한쪽에는 집무실이, 한쪽에는 구치소가 있었다. 집무실이 있는 곳에 두 개의 흰색으로 칠해진 깨끗한 방이 위치해 있었다. 앞에 있는 방이 방문자들을 맞이하는 방이었다. 다른 방에는 잉크 자국으로 장식된 책상이 놓여 있었다. 책상 위에는 거울이 있었다. 그 외에도 등이 높은 네 개의 참나무 의자가 있었고, 벽 옆에는 군의 고소장 꾸러미가 보관되어 있는 철로 두른 궤짝들이 놓여 있었다. 그 궤짝들 중 하나 위에는 구두약으로 손질된 부츠가 놓여있었다. 집무실은 아침부터 열려 있었다. 이반 니키포로비치보다는 약간 말랐지만 그래도 상당히 뚱뚱한 판사는 선량한 표정을 하고 기름때가 묻은 가운을 입은 채 담뱃대를 물고 손에는 찻잔을 들고서 서기와 이야기를 나누고 있었다. 판사의 입술은 코 바로 밑에 있어서 원하기만 하면 코로 윗입술의 냄새를 맡을 수가 있었다. 윗입술은 그에게 코담배 역할을 대신 해주었다. 왜냐하면 코로 가져간 담배는 거의 항상 윗입술에 떨어졌기 때문이다. 어쨌든 판사는 서기와 이야기를 나누고 있었다. 맨발의 처녀가 옆에서 찻잔이 든 쟁반을 들고 있었다.

책상 끝에 앉은 서기가 판결문을 읽고 있었는데, 어찌나 단조롭고 슬픈 톤으로 읽는지 판결을 받는 사람이라도 들으면서 잠이 들 지경이었다. 만약 그 사이에 흥미있는 대화에 끼어들지 못했더라면 의심할 여지없이 판사가 누구보다 먼저 잠이 들었을 것이다.

"나는 의도적으로 알려고 노력했었네" 그는 이미 다 식어버린 찻잔의 차를 홀짝거리면서 이렇게 말했다. "어째서 그 녀석들이 노래를 잘 부르는지 말이야. 나한테는 이년 쯤 전에 훌륭한 개똥

지빠귀가 한 마리 있었지. 그런데 어찌 됐는지 아는가? 갑자기 완전히 맛이 간 거야. 도대체 뭔지도 모르는 노래를 하기 시작하더군. 갈수록 점점 더 나빠지더니 무슨 소린지 알아들을 수도 없고 목도 쉬어 버리더군. 내던져버릴 수밖에! 얼토당토 않은 일이지 뭔가. 일은 이렇게 된 거였네. 목 아래에 완두콩보다 작은 혹이 생겨서 이 혹을 바늘로 찔러야 했지. 자하르 프로코피예비치가 내게 어떻게 하는지 가르쳐 주었지. 원한다면 어떤 식으로 하는 건지 말해줄 수 있네. 나는 그에게 갔지…"

"데미얀 데미야노비치, 다른 판결문을 읽을까요?" 이미 몇 분 전에 읽기를 마친 서기가 말을 끊었다.

"아 벌써 다 읽은 건가? 빠르기도 하군! 나는 아무 것도 듣지 못했는데! 어디 있나? 여기 줘 보게, 서명 할테니. 또 뭐가 있나?"

"도난당한 암소에 대한 카자크 보키트코 건입니다."

"좋아, 읽게나! 그래서 내가 그에게 갔지… 그가 나를 어떻게 대접했는지 자세하게 이야기해 줄 수도 있다네. 보드카 안주로 하나뿐인 철갑상어의 등 고기를 내놓았다네! 그 고기는 우리네 것과는 달랐지." 이 말을 하면서 판사는 입을 다셨고 코로는 늘상 하던 대로 담배 냄새를 맡으면서 미소를 지었다. "우리 미르고로드의 식료품 잡화상에서 취급하는 것과는 말이지. 나는 청어는 먹지 않았네. 자네도 알다시피 청어를 먹으면 명치 아래쪽이 아프거든. 그렇지만 캐비어는 맛보았지. 기가 막힌 캐비어였어! 말할 나위 없이 훌륭했지! 그다음에는 수레국화에 담근 복숭아 보드카를 마셨지. 사프란 보드카도 있었지만 자네도 알다시피 나는 사프란 보드카는 마시지 않네. 그건 아주 좋기는 하지. 먼저 식욕을 돋구고 그다음에는 식사를 마무리하지... 아! 이거 정말 오랜만입니다." 갑자기 판사가 들어오는 이반 이바노비치를 보고 소리쳤다.

"하느님이 함께 하시기를! 인사드립니다!" 이반 이바노비치는 그에게만 어울리는 기분 좋은 태도로 사방에 있는 모두에게 고개를 숙였다. 맙소사, 그가 자신의 매너로 모든 사람들을 얼마나 잘 매혹시키는지! 나는 그런 섬세함을 어디서도 본 적이 없다. 그는 자신의 가치를 아주 잘 알고 있었기 때문에 모두가 그를 존중하는 것을 마땅한 것으로 여기고 있었다. 판사가 직접 의자를 이반 이바노비치에게 권했고 그의 코는 윗입술에서 코담배를 흠뻑 빨아들였다. 그것은 언제나 그가 매우 만족한다는 표시였다.

"무엇을 대접할까요, 이반 이바노비치?" 그는 물었다. "차 한 잔 드시겠습니까?"

"아닙니다, 매우 감사합니다," 이반 이바노비치가 고개를 숙이며 앉았다.

"부디 한 잔 드시지요!" 판사가 반복했다.

"아닙니다, 감사합니다. 환대만으로도 아주 만족합니다!" 이반 이바노비치는 고개를 숙이고 앉으며 대답했다.

"한 잔만." 판사가 또 말했다.

"아닙니다, 신경쓰지 마십시오, 데미얀 데미야노비치!" 이렇게 말하면서 이반 이바노비치는 고개를 숙이고 앉았다.

"한 잔도?"

"정 그렇다면 한 잔만 주십시오!" 이반 이바노비치는 이렇게 말하고 쟁반을 향해 손을 뻗었다.

하느님 맙소사! 사람의 섬세함은 그 끝을 알 수 없는 경우도 있다! 그런 행동이 얼마나 유쾌한 인상을 만들어내는지 말하기 어려울 정도다!

"한 잔 더 하시겠습니까?"

"정중히 감사드립니다." 이반 이바노비치는 쟁반에 찻잔을 덮어놓고 고개를 숙이며 대답했다.

"제발요, 이반 이바노비치!"

"아닙니다. 매우 감사드립니다." 이 말을 하면서 이반 이바노비치는 고개를 숙이고 앉았다.

"이반 이바노비치! 우정을 보여주세요, 한 잔만!"

"아닙니다, 환대에 진심으로 감사합니다." 이 말을 하고는 이반 이바노비치는 고개를 숙이고 앉았다.

"한 잔만! 딱 한 잔만요!"

이반 이바노비치는 쟁반을 향해 손을 뻗어 찻잔을 잡았다.

후, 제기랄! 자신의 가치를 유지하는 법을 어떻게도 잘 찾아내는지!

"데미얀 데미야노비치, 저는" 이반 이바노비치는 마지막 한 모금을 마시고 나서 말했다. "저는 당신께 아주 중요한 일이 있어 왔습니다. 저는 고소장을 제출하려고 합니다." 이 말을 하면서 이반 이바노비치는 찻잔을 내려놓고 주머니에서 글이 쓰여진 공식적인 문서를 꺼냈다.

"제 원수, 불구대천의 원수에 대한 고소장입니다."

"누구에 대한 것인데요?"

"이반 니키포로비치 도브고츠훈에 대한 것입니다."

이 말을 듣자 판사는 거의 의자에서 넘어질 뻔 했다.

"무슨 말을 하시는 겁니까!" 그는 두 손을 마주치면서 말했다. "이반 이바노비치! 당신이 하신다구요?"

"보시다시피 제가 합니다."

"주님과 모든 성자들이 당신과 함께 하시기를! 어떻게! 당신이! 이반 이바노비치! 이반 니키포로비치의 적이 되시다니요! 이걸 당신의 입이 말하고 있다구요? 다시 말씀해 보세요! 당신 뒤에 누군가 숨어서 당신 대신 말하고 있는 건 아닙니까?"

"여기에 믿지 못할 일이 무엇이 있습니까? 나는 그를 쳐다볼 수가 없습니다. 그는 치명적인 모욕을 주었어요, 내 명예를 모욕했단 말입니다."

"지극히 거룩한 삼위일체시여! 이제 저는 어머니께 어떻게 말씀을 드려야 합니까! 늙으신 어머니는 제가 매일 누이와 싸울 때면 이렇게 말씀하십니다. "너희들은 서로 개처럼 싸우는구나. 이반 이바노비치와 이반 니키로포비치의 본을 좀 받았으면 좋으련만. 그들이야말로 진정한 친구지! 그게 친구인 게야! 훌륭한 사람들이지!" 너희들이 본받아야 할 친구들! 말해보세요, 무슨 일 때문인지? 어떻게 된 겁니까?"

"미묘한 문제입니다, 데미얀 데미야노비치! 말로는 할 수가 없습니다. 차라리 고소장을 읽어보십시오, 이쪽부터 읽으시면 더 나을 겁니다."

"읽어보게, 타라스 티호노비치!" 판사는 서기에게 몸을 돌려 말했다.

타라스 티호노비치는 고소장을 들고 군 법원의 모든 서기들이 하듯이 두 손가락으로 코를 풀고 나서 읽기 시작했다.

"미르고로드 군의 귀족이자 지주인 이반의 아들 이반 페레레펜코는 다음과 같은 사항에 대해서 고소하는 바이다.

1) 불경스럽고 혐오스러우며 도를 뛰어넘는 위법적인 행동으로 온세상에 잘 알려진 니키포르의 아들 이반 도브고츠훈은 1810년 7월 7일 나의 개인적인 명예에 치명적인 모욕을 가했다. 그럼으로써 나의 지위와 가문에 굴욕과 혼란을 초래했다. 이 귀족은 추한 외모와 싸우기 좋아하는 성격을 가졌으며 온갖 불경스러움과 모욕적인 말의 화신이다!"

여기서 다시 코를 풀기 위해 낭독이 잠시 멈추었다. 판사는 경건하게 팔짱을 낀 채 혼잣말을 할 뿐이었다. "기가 막힌 글솜씨로군! 맙소사! 이 사람은 글을 얼마나 잘 쓰는가!"

이반 이바노비치는 더 읽어달라고 요청했고 타라스 티호노비치는 계속했다.

"이 귀족, 니키포르의 아들 이반 도브고츠훈은 내가 우정 어린 제안을 하려고 그에게 갔을 때, 공개적으로 내 명예를 모욕하고 비방하는 명칭으로, 다름 아닌 숫거위라고 나를 불렀다. 내가 이런 추악한 동물로 불려진 적은 한 번도 없으며 앞으로도 그럴 의도가 없다는 것은 미르고로드 군 전체가 아는 바이다. 나의 귀족 출신에 대한 증거는 세 성자[11] 교회에 있는 호적으로, 거기에는 내 생일과 내가 세례 받은 사실이 기록되어 있다. 과학을 조금이라도 알고 있는 사람이라면 누구나 알고 있듯이 숫거위는 호적에 기록될 수가 없다. 숫거위가 사람이 아니고 새라는 사실은 신학교에 가보지 않은 사람이라도 누구다 충분히 알 수 있는 일이다. 그러나 이 악의적인 귀족은 이 모든 것을 알고 있으면서도 다름 아닌 나의 지위와 신분에 치명적인 모욕을 가하기 위해서 나를 그런 추악한 말로 욕했던 것이다.

11　4세기 경의 성자 대 바실리우스, 신학자 그리고리우스, 요한 크리소스톰을 의미한다.

2) 바로 이 상스럽고 무례한 귀족은 또한 나의 부모, 성직에 계셨던 오니시의 아들 복된 이반 페레레펜코로부터 내가 받은 가문의 재산을 침해했다. 모든 법을 위반하여 우리 현관 바로 맞은편으로 거위의 우리를 옮긴 것이다. 그것은 다름 아니라 나에게 가해진 모욕을 더하기 위하여 행해진 것이다. 왜냐하면 이 우리는 지금까지도 훌륭한 장소에 서 있고 아직 꽤 튼튼하기 때문이다. 그러나 위에서 언급한 귀족의 추악한 의도는 오로지 내가 꼴사나운 풍경의 목격자가 되게 하려는 데에만 있었다. 왜냐하면 누구도 점잖은 일을 위해서 우리에, 특히 거위 우리에 가지는 않기 때문이다. 이런 위법적인 행위를 할 때 두 개의 앞 기둥이 나의 소유인 땅을 차지했다. 그 땅은 이미 부모님 생전에 오니시의 아들 복된 이반 페레레펜코에게서 받은 것으로 광에서 시작하여 곧바로 노파들이 남비를 닦는 곳까지 죽 이어져 있다.

3) 그 이름과 성만으로도 극도의 혐오를 불러일으키는 위에서 묘사한 귀족은 나를 내 소유의 집에서 불태우려는 악의에 찬 의도를 품었다. 그에 대한 의심할 바 없는 징표는 아래와 같다. 첫째, 상술한 악의에 찬 귀족은 자신의 방에서 자주 나오기 시작했는데, 이는 전에는 게으름과 추한 육체의 비만 때문에 하지 않던 일이다. 둘째, 내가 돌아가신 부모님, 복된 오니시의 아들 이반 페레레펜코에게서 받은 땅을 둘러싸고 있는 울타리 옆에는 그의 하인 방이 붙어있는데, 그곳에 매일같이 그리고 상당히 긴

시간 동안 불이 밝혀져 있다. 이것은 이미 그의 의도에 대한 명백한 증거가 된다. 왜냐하면 지금까지는 그의 지독한 인색함 때문에 그곳에서는 수지 양초뿐 아니라 호롱 불조차 꺼져 있었기 때문이다.

그러므로 나는 방화, 나의 지위와 이름, 가문을 모욕한 죄, 재산의 약탈, 그리고 무엇보다도 비열하고 비난받아 마땅한 행위인 나의 성에 숫거위라는 말을 덧붙인 죄로 인해 발생한 손실을 보상받기 위해 상술한 귀족 니키포르의 아들 이반 도브고츠훈에게 벌금을 청구하고 위법자 자신은 족쇄에 채워 시의 감옥으로 보내기를 요구하는 바이다. 나의 이 요구에 대해 반드시 그리고 신속하게 결정이 내려져야 할 것이다. 미르고로드의 귀족이자 지주 이반의 아들 이반 페레레펜코가 씀.”

청원서를 읽고 나자 판사는 이반 이바노비치에게 다가가서 그의 단추를 붙잡고서 이렇게 말하기 시작했다. “무슨 일을 하시는 겁니까, 이반 이바노비치? 하느님을 두려워하십시오! 청원서를 내버리세요. 없애버리세요! 사탄에게나 줘버리세요! 차라리 이반 니키포로비치의 손을 잡고 입을 맞추세요. 그리고 산투린이나 니코폴리스산☜, 아니면 아무 펀치나 사서 저를 부르세요! 함께 실컷 마시고 다 잊어버립시다!”

“아닙니다, 데미얀 데미야노비치! 이건 그런 일이 아닙니다,” 이반 이바노비치가 항상 그에게 어울리는 위엄을 갖추고 말했다. "우의적인 협상으로 결정할 수 있는 그런 문제가 아니란 말입니다. 안녕히 계십시오! 여러분들도 안녕히!" 그는 모두를 향해 위엄을 갖추고 계속 말했다. "저의 청원서가 마땅한 효력을 나타내기를 바라는 바입니다." 그리고는 그곳에 있는 모든 사람을 경악 속에 남겨두고는 떠났다.

판사는 아무 말도 하지 않고 앉아 있었다. 서기는 코담배를 맡고 사무원들은 잉크병 대신 사용하는 깨진 병조각을 떨어뜨렸다. 판사는 멍한 상태로 책상 위에 잉크가 고여있는 곳을 손가락으로 문지르고 있었다.

"당신은 이것에 대해 무슨 말을 하시겠습니까, 도로페이 트로피모비치?" 잠시 침묵한 후에 판사는 서기를 향해 물었다.

"할 말이 없습니다," 서기가 대답했다.

"별일이 다 있군!" 판사는 계속 말했다. 그가 이 말을 다 끝내기도 전에 문이 끼익하는 소리를 내고 열리며 이반 니키포로비치의 앞모습이 집무실에 들어섰고 나머지 부분은 아직 입구에 남아 있었다. 이반 니키포로비치의 등장은, 게다가 그가 법원에 나타난 것은 너무나 특이하게 느껴져서 판사는 소리를 질렀다. 서기는 낭독을 중단했다. 프리즈[12] 모양의 하프 프록코프를 입은 한 사무원은 펜을 입술에 물었다. 다른 사무원은 파리를 삼켜버

---

12 한쪽만 보풀을 세운 외투용 모직

렸다. 전령과 수위 임무를 수행하는 상이군인은 더러운 루바쉬카를 입고 문 옆에 서서 그때까지 어깨에 드리워진 견장의 줄을 쓰다듬고 있었는데, 심지어 이 상이군인조차 입을 떡 벌리고 누군가의 발을 밟았다.

"어쩐 일이십니까! 무슨 일로 어떻게? 어떻게 지내십니까, 이반 니키포로비치?"

그러나 이반 니키포로비치는 살아있는 것도 죽어있는 것도 아닌 상태였다. 왜냐하면 문에 끼어서 이러지도 저러지도 못하고 앞이건 뒤건 한 발자국도 나갈 수가 없었기 때문이었다. 판사가 누구던 입구에 있는 사람에게 이반 니키포로비치를 뒤로 밀어내어 접견실로 들어오게 하라고 소리쳤지만 소용이 없었다. 입구에는 청원하러 온 노파 한 사람만 있었던 것이다. 그녀는 뼈가 앙상한 손으로 아무리 힘을 써봐도 아무것도 할 수가 없었다. 그러자 팔꿈치가 찢어진 옷을 입고 두꺼운 입술과 넓은 어깨, 살이 통통이 오른 코와 곁눈질을 하는 눈을 가진 술에 취한 사무원 중 한 사람이 이반 니키포로비치의 절반의 앞부분에 다가가 아기에게 하듯 그의 몸에 십자가 모양으로 손을 대고 늙은 상이군인에게 눈짓을 했다. 그 상이군인은 자신의 무릎을 이반 니키포로비치의 배에 대고 그가 가련한 신음소리를 내는데도 불구하고 그를 현관으로 밀어냈다. 그리고 나서 빗장을 치우고서 문의 나머지 절반을 열었다. 이때 사무원과 그의 조력자인 상이군인이 사이좋게 힘을 쓰느라 입에서 내쉬는 숨이 어찌나 강한 냄새를 퍼뜨렸는지 접견실은 잠시 동안 술집처럼 변하고 말았다.

"멍이 들지는 않으셨습니까, 이반 니키포로비치? 제가 어머니께 말씀드려서 정기丁幾를 보내시라고 하겠습니다. 허리와 등에 바르기만 하시면 다 없어질 겁니다."

그러나 이반 니키포로비치는 의자에 털썩 주저앉아서 길게 한숨을 쉬는 것 말고는 아무 말도 하지 않았다. 마침내 약하고 지친 나머지 거의 들릴 듯 말 듯 한목소리로 그는 말했다.

"어떻습니까?" 그리고는 주머니에서 담배 상자를 꺼내서는 덧붙였다. "하시지요!"

"이렇게 뵙게 되니 매우 기쁩니다," 판사가 대답했다. "하지만 무슨 일로 굳이 힘을 들여 이렇게 예기치 않게 우리의 기분을 좋게 해주시는지 도무지 짐작할 수가 없군요."

"청원할 게 있어서입니다..." 이반 니키포로비치는 간신히 말했다.

"청원이라구요? 어떤?"

"고소입니다..." 여기서 그는 호흡곤란이 와서 한동안 말을 멈춰야 했다. "오!...사기꾼...이반 이바노비치 페레레펜코에 대한 고소입니다."

"주여! 당신도요! 그렇게 보기 드문 친구분들이! 그렇게 선량한 사람에게 고소라니요!.."

"그는 사탄 그 자체요!" 이반 니키포로비치는 끊어질 듯한 소리로 말했다.

판사는 성호를 그었다.

"청원서를 받아서 읽어주십시오."

"어쩔 수가 없군요. 읽게나, 타라스 티호노비치," 판사는 불만스런 표정으로 서기를 향해 말했다. 이때 그의 코가 얼떨결에 윗입술의 냄새를 맡았는데, 이것은 원래 그가 매우 만족스러울 때 하던 행동이었다. 코가 그렇게 제멋대로 군 것 때문에 판사는 더 짜증이 났다. 그는 손수건을 꺼내서 코의 뻔뻔함을 벌하기 위해 윗입술에서 코담배를 닦아냈다.

서기는 낭독을 시작하기 전에 늘 하던 대로 평상시의 행동을 손수건의 도움 없이 한 후, 여느 때와 다름없는 목소리로 이렇게 시작했다.

"미르고도르 군의 귀족 니키포로프의 아들 이반 도브고츠힌은 아래 사항들에 대하여 청원하는 바이다.

1) 자신을 귀족이라고 부르는 이반의 아들 이반 페레레펜코는 증오에 가득 찬 원한과 명백한 악의에 따라 어제 온갖 파렴치한 짓으로 내게 손실을 입히고, 기타 간악하고 공포를 불러일으키는 행동을 저질렀다. 그는 강도와 도적같이 도끼와 톱, 끌, 기타 연장들을 가지고 밤에 내 집 마당과 그곳에 있는 우리 안으로 기어 들어왔다. 그는 비난받아 마땅한 방식으로 자기 손으로 그 우

리를 산산히 쪼개버렸다. 내 편에서는 그런 위법적이고 강도 같은 행동을 할 어떤 원인도 제공하지 않았다.

2) 상술한 귀족 페레레펜코는 내 생명을 해할 기도를 품고 있는데, 지난달 7일까지 마음속에 이런 의도를 숨기고 있다가 나를 찾아와서 우정을 가장한 교활한 방식으로 내 방에 있던 권총을 달라고 조르기 시작했다. 그리고 그의 특징인 인색함을 드러내며 내게 권총 대신 많은 쓸모없는 물건들, 이를테면 갈색 돼지, 귀리 두 자루를 제안했다. 그러나 그때 그의 범죄 의도를 간파하고 있던 나는 어떻게든 그의 마음을 돌리려고 노력했다. 하지만 상술한 사기꾼이자 비열한인 이반의 아들 이반 페레레펜코는 나를 상스럽게 욕한 후 그 시간부터 나에 대해 화해의 여지가 없는 적의를 품었다. 게다가 자주 언급하는 바이지만, 상술한 횡포한 귀족이자 강도인 이반의 아들 이반 페레레펜코는 매우 비난받아 마땅한 출신이다. 그의 누이는 방탕한 여자로 온 세상에 알려져 있다. 그녀는 5년 전에 미르고로드에 주둔하던 경기병 중대를 따라 떠났다. 그리고 그녀의 남편을 농민으로 등록했다. 그의 아버지와 어머니 역시 매우 불법을 행하는 자들이었고 상상할 수 없을 정도의 술꾼이었다. 위에서 언급한 귀족이자 강도인 페레레펜코는 짐승같이 비난받아 마땅한 행동에 있어서 모든 친족을 뛰어넘었고 유혹에 잘 빠졌음에도 경건을 위장했다. 그

는 재계를 지키지도 않았다. 성 필립의 날[13] 전야에 하느님을 떠난 이 자는 양을 잡아 다음날 자신의 비합법적인 정부인 가프카에게 잡으라고 시키면서 마치 램프와 양초에 기름이 필요한 것처럼 설명했다.

따라서 도적질과 약탈의 죄가 있는 강도이자 성물모독자이며 사기꾼인 이 귀족을 족쇄에 채워서 감옥이나 국가의 수용소에 보내어 그곳에서 조사한 결과에 따라 지위와 귀족의 권한을 박탈하고 자작나무 막대기로 흠씬 팬 후, 필요하면 시베리아로 유형을 보낼 것과 그가 입힌 손실에 대해 지불하도록 그에게 명할 것을 청하는 바이다. 미르고로드 군의 귀족 니키포로프의 아들 이반 도브고츠힌이 이 청원서를 작성하다."

서기가 낭독을 마치자마자 이반 니키포로비치는 털 모자를 집어 들고 떠나려고 인사를 했다.

"어디 가시는 겁니까, 이반 니키포로비치?" 그의 뒤에서 판사가 말했다. "잠깐 앉았다 가시지요! 차라도 마시고 가세요! 오르이쉬코! 멍청한 계집애야, 거기서 사무원들과 눈짓이나 하면서 뭐하고 서 있는 거야? 가서 차를 가져와!"

그러나 이반 니키포로비치는 집에서 너무 멀리 떠나와서 그렇게 위험한 격리 상태를 유지했다는 데 당황해 벌써 문을 빠져나

---

13 성 필립의 날은 6주에 걸친 그리스도 강림절 재계 기간의 첫 날이다.

가면서 이렇게 말했다. "걱정하지 마십시오. 기꺼이 그러고 싶지만..." 그리고는 문을 닫고 나가 모두를 경악에 빠뜨렸다.

할 수 없는 일이었다. 두 청원서 모두 받아들여졌고 예견하지 못했던 하나의 상황이 이 일에 더 큰 재미를 부여하자 이 사건은 상당히 중요한 흥미를 띠게 되었다. 판사가 서기와 비서를 대동하고 접견실을 나섰을 때, 사무원들은 방문자들이 가져온 닭, 계란, 빵조각, 파이, 크니쉬, 기타 잡동사니를 자루 속에 집어넣었다. 이때 갈색 돼지가 방 안으로 뛰어들어 파이나 빵조각이 아닌 이반 니키포로비치의 청원서를 낚아채어 그곳에 있던 모두를 놀라게 했다. 그 청원서는 몇 페이지가 밑으로 늘어진 채 책상 끝에 놓여 있었다. 종이를 낚아챈 갈색 돼지는 너무나 빨리 도망가서 관리들이 자와 잉크병을 던졌음에도 불구하고 잡지 못했다.

복사본조차 만들어놓지 못했기 때문에 이 특별한 사건은 끔찍한 혼란을 불러일으켰다. 판사와 그의 비서, 서기는 오래 이 미증유의 상황에 대해 논의했다. 마침내 이 일에 대해 경찰서장에게 보고서를 쓰기로 결정했다. 이 일을 조사하는 것은 경찰의 민사 행정에 더 적합하기 때문이었다. 389번 문서는 그 날로 경찰서장에게 발송되었다. 이 일에 대해 상당히 흥미로운 해명이 이루어졌는데, 그것에 대해서 독자는 다음 장에서 알게 될 것이다.

미르고로드의 두 명예로운 인사의 만남이 서술되다

이반 이바노비치가 집안일을 처리하고 여느 때처럼 처마 밑에 누우려고 나갔을 때 그는 쪽문에서 무엇인가 붉은 것을 보고 말조차 할 수 없을 정도로 놀랐다. 그것은 경찰서장의 붉은 소매였는데, 그의 옷깃처럼 윤이 났고 끝부분이 에나멜가죽으로 변해 있었다. 이반 이바노비치는 속으로 생각했다. "표트르 표도로비치가 말하러 온 것은 좋은 징조 군." 그러나 그는 경찰서장이 빠른 속도로 걸으면서 팔을 흔드는 것을 보고서 매우 놀랐다. 그것은 보통 경찰서장에게 매우 드문 일이었다. 경찰서장의 제복에는 여덟 개의 단추가 달려 있었는데, 아홉 번째 단추는 2년 전에 성당을 봉헌하는 행렬 때에 떨어져 나갔다. 경찰서장이 구역 경찰관들에게 매일 보고를 받을 때마다 항상 단추를 찾았는지에 대해 질문하는데도 지금까지 그들은 그것을 찾아내지 못하고 있다. 이 여덟 개의 단추는 여인들이 콩을 심을 때처럼 하나는 오른쪽에, 다른 하나는 왼쪽에 달려 있었다. 그는 마지막 원정에서 총을 맞은 왼쪽 다리를 절면서도 너무 멀리 뻗는 바람에 오른쪽 다리의 모든 노력을 헛수고로 만들었다. 경찰서장이 더 빨리 그의 발을 움직일수록 발은 앞으로 더 나아갈 수가 없었다. 그래서 경찰서장이 처마 쪽으로 걸어오는 동안 이반 이바노비치는 그가 왜 그렇게 서둘러 팔을 휘젓는지 추측할 수 있는 시간을 충분히 가질 수 있었다. 게다가 경찰서장이 새 검을 차고 있어서 그가 온 일이 특별히 중요해 보였기 때문에 그는 더욱 흥미를 느꼈다. "안녕하십니까, 표트르 페도로비치!" 이반 이바노비치는 소리쳤다. 이미 말한 대로 그는 매우 호기심이 강하여 경찰서장이 현관으로 들어서는 것을 보고 참을성을 유지할 수가 없었다. 그러나 경찰서장은 아직 눈을 위로 들어 올리지도 못하고 한번 흔들어서는 계단 위에 올라갈 수 없는 자신의 다리와 싸움을 벌이고 있었다.

"친애하는 친구이자 은인 이반 이바노비치! 좋은 날 되십시오." 경찰서장이 대답했다.

"앉으십시오. 제가 뵈기에 피곤하신 것 같군요. 다치신 다리가 방해를 해서인지..."

"제 다리요!" 경찰서장은 이반 이바노비치에게 거인이 난장이를, 박식한 학자가 춤 선생을 볼 때 던지는 시선을 보내면서 소리쳤다. 이때 그는 자기 다리를 길게 펴서 바닥에 쿵 하고 내려놓았다. 그러나 이런 용감한 행동 때문에 그는 비싼 댓가를 치렀다. 왜냐하면 그의 몸체가 통째로 흔들려 코를 난간에 찧었기 때문이다. 그러나 현명한 질서의 수호자는 어떤 티도 내지 않기 위해서 곧바로 자세를 바로잡았고 코담배를 꺼내기 위해 주머니에 손을 집어넣었다.

"친애해 마지않는 친구이자 은인 이반 이바노비치, 저 자신에 대해서 제가 일생 동안 별별 원정에 다 참가했다는 것을 말씀드려야겠습니다. 네, 정말 그렇습니다. 예를 들어, 1807년 원정에서는... 아, 제가 어떻게 담장을 기어 넘어 예쁜 독일 아가씨를 찾아갔는지 말씀드려야겠군요." 이렇게 말하면서 경찰서장은 눈을 가늘게 뜨고 악마같이 교활한 미소를 지었다.

"오늘 어디에 다녀오시는 길입니까?" 이반 이바노비치는 경찰서장의 말을 끊고 빨리 그가 찾아온 이유를 말하게 하고 싶어서 이렇게 물었다. 그는 경찰서장이 그에게 무슨 말을 할 생각인지 몹시 묻고 싶었다. 그러나 세상에 대한 섬세한 지식 때문에 그런 질문이 무례하게 여겨져서 이반 이바노비치는 자제하며 수수께끼가 풀리기를 기다려야만 했다. 그러는 사이 그의 심장은 전례 없이 세차게 두근거렸다.

"제가 어디 다녀왔는지 말씀드리겠습니다." 경찰서장이 대답했다. "우선, 오늘 날이 기가 막히다는 것을 말씀드려야겠습니다."

이 말에 이반 이바노비치는 거의 죽을 지경이 되었다.

"그렇지만 원하신다면," 경찰서장을 계속했다. "제가 당신께 온 것은 아주 중요한 일 때문입니다." 여기서 경찰서장의 표정과 태도는 그가 현관에 올라올 때와 같이 걱정스런 모습을 띠었다. 이반 이바노비치는 열병에라도 걸린 듯이 기다리고 떨면서 평소 때처럼 빨리 질문했다. "무슨 중요한 일입니까? 정말 중요한 일인가요?"

"생각해 보십시오, 우선 알려드려야 할 것은, 친애하는 친구이자 은인 이반 이바노비치, 당신이... 제 입장에서는, 생각해 보십시오, 저는 아무렇지도 않습니다. 그렇지만 정부의 고려는, 정부의 고려는 이것을 요구한단 말입니다. 당신은 적법한 질서를 어겼습니다!"

"무슨 말을 하시는 겁니까, 표트르 페도로비치? 저는 이해가 가지 않습니다."

"죄송합니다만, 이반 이바노비치! 어떻게 아무것도 이해하지 못한단 말입니까? 당신 소유의 동물이 관공서의 아주 중요한 문서를 도둑질해 갔단 말입니다. 그런데도 당신은 아무것도 이해하지 못한다고 말씀하시다니요!"

"어떤 동물이요?"

"이렇게 말씀드려 죄송합니다만 당신 소유의 갈색 돼지입니다."

"그런데 저한테 무슨 잘못이 있다는 겁니까? 왜 법원의 수위는 문을 열어놓았단 말입니까!"

"그렇지만 이반 이바노비치, 당신 소유의 동물이니 당신이 잘못하신 겁니다."

"돼지와 저를 동등하게 보시다니 정중하게 감사를 드려야겠군요."

"그런 말씀은 드리지 않았습니다, 이반 이바노비치! 절대 그렇게 말하지 않았습니다! 스스로 깨끗한 양심에 따라 판단해 보세요. 당국의 의향에 따르면 도시에서, 더욱이 도시의 큰 도로에서는 불결한 동물이 돌아다니는 것이 금지되어 있다는 것을 당신은 의심할 여지없이 알고 있습니다. 그 일이 금지되어 있다는 것에는 동의하시겠지요."

"도대체 무슨 말을 하시는지 모르겠군요? 돼지가 거리로 나가는 것이 그리 중요한 일이라니!"

"원하신다면 알려드려야겠습니다. 잠깐, 잠깐만요, 이반 이바노비치, 이건 절대 있어서는 안되는 일입니다. 그럼 어떻게 해야 합니까? 당국이 원하면 우리는 복종해야 합니다. 가끔 거리나 심지어 광장에 닭과 거위가 뛰어든다는 것은 논쟁하지 않겠습니다. 닭과 거위 말입니다. 하지만 저는 이미 작년에 돼지와 염소를 공공 광장에 내보내지 말라는 명령서를 발부했습니다. 그 당시 모인 모든 사람들 앞에서 명령서를 크게 읽으라고 명령했습니다."

"아니요, 표트르 페도로비치, 저는 여기서 당신이 저를 모욕하려고 애쓰신다는 것 밖에는 아무 것도 모르겠습니다."

"친애하는 친구이자 은인이여, 제가 당신을 모욕하려고 한다는 말씀을 하시면 안 됩니다. 기억해 보십시오. 작년에 당신이 정해진 규정보다 한 아르쉰이나 높게 지붕을 올리셨는데 저는 당신께 아무 말도 하지 않았습니다. 오히려 반대로 그것을 전혀 모르는 척했습니다. 믿어주십시오, 친애하는 친구여, 지금도 저는 완전히, 뭐라고 할까요... 그렇지만 저의 의무는, 한 마디로, 책임은 청결을 유지할 것을 요구하는 것입니다. 스스로 판단해 보십시오. 갑자기 큰 길에서..."

"당신의 큰 길이 참 대단하기도 하군요! 모든 여자들이 필요없는 것들을 거기에 내다 버리더군요."

"이렇게 말씀드리는 걸 허락해 주십시오, 이반 이바노비치, 당신은 저를 모욕하시는군요! 사실 그런 일이 가끔 일어나기는 합니다. 하지만 보통 담장이나 헛간, 저장고에서나 일어나지요. 그렇지만 큰 길이나 광장에 새끼 밴 돼지가 들어오다니, 그런 일은..."

"무슨 소립니까, 표트르 페도로비치! 돼지도 하느님의 피조물인데!"

"동의합니다. 당신이 배운 분이고 과학과 다른 분야를 아신다는 것은 온 세상이 알고 있습니다. 물론 저는 어떤 학문도 배운 적이 없습니다. 저는 서른 살이 되어서야 속기로 글쓰기를 배우기 시작했습니다. 당신이 아시다시피 저는 군인 출신입니다."

"음!" 이반 이바노비치가 소리를 냈다.

"네," 경찰서장은 계속했다. "1801년에 저는 42 경기병 연대 4 중대에서 육군 중위였습니다. 알고 싶으시다면, 우리 중대의 사령관은 예레메예프 대위였습니다." 이렇게 말하면서 경찰서장은 이반 이바노비치가 열어서 담배를 다시 짓이겨 넣은 코담배에 손가락을 집어넣었다.

이반 이바노비치는 "음!"하고 소리냈다.

"그렇지만 저의 의무는," 경찰서장은 계속했다. "정부의 요구에 복종하는 것입니다. 아시겠습니까, 이반 이바노비치, 법원에서 공문서를 훔쳐 간 자는 모든 다른 범죄와 마찬가지로 사법 재판에 처해지게 됩니다."

"저도 알고 있습니다. 원하시면 제가 좀 가르쳐 드리지요. 사람들에 대해서는 그렇게 말합니다. 예를 들어, 당신이 문서를 훔쳤다면요. 그렇지만 돼지는 동물이고 하느님의 피조물입니다!"

"그런 그렇습니다만, 법은 절도의 죄가 있다고 말합니다... 주의깊게 들어주시기 바랍니다. 죄가 있다는 말을! 여기에는 가문이나 성, 신분이 아무 의미를 갖지 않습니다. 따라서 동물도 죄가 있을 수 있는 것입니다. 어떻게 생각하시든 자유지만 그 동물은 처벌에 대한 선고가 내려지기 전에 질서의 파괴자로서 경찰에 출두해야만 합니다."

"아니요, 표트르 페도로비치!" 이반 이바노비치는 냉정하게 말했다. "그런 일은 없을 겁니다!"

"원하는 대로 하십시오, 그렇지만 저는 당국의 지시를 따라야만 합니다."

"어째서 저에게 겁을 주시는 겁니까? 돼지를 데려가려고 팔없는 병사를 보내고 싶으신 모양이지요. 저는 집안일을 하는 할망구를 시켜 갈고리로 그를 내쫓으라고 할 겁니다."

"저는 감히 당신과 논쟁할 생각은 없습니다. 그런 경우라면, 당신께서 돼지를 경찰에 출두시키기를 원하지 않으신다면, 마음대로 처리하십시오. 원하실 때 크리스마스 때쯤 잡아서 햄을 만드시던지 그냥 드시던지 하십시오. 다만 혹시 소시지를 만드실 거면 저에게 두어 개만 보내주시기를 부탁드립니다. 댁에서 가프카가 돼지 피와 지방으로 만드는 소시지는 정말 훌륭합니다. 우리 아가페나 트로피모브나는 댁의 소시지를 아주 좋아한답니다."

"원하신다면 소시지 두 개를 보내드리도록 하지요."

"매우 감사합니다, 친애하는 친구이자 은인. 이제 한 말씀만 더 드리겠습니다. 저는 판사와 우리가 아는 모든 사람들로부터 부탁을 받았습니다. 말하자면 당신과 당신의 친구인 이반 니키포로비치를 화해시키라는 부탁이지요."

"뭐라구요! 그 교양 없는 작자와! 저더러 그 무례한 자와 화해를 하라구요! 절대로 안 합니다! 그런 일은 없을 겁니다, 절대 없을 거예요!" 이반 이바노비치는 아주 단호하게 말했다.

"원하시는 대로 하십시오." 경찰서장은 두 콧구멍으로 담배 냄새를 맡으면서 대답했다. "제가 감히 조언을 드리지는 않겠습니다. 그렇지만 이것만은 말씀드리겠습니다. 두 분이 지금 싸우고 계시지만 화해를 하시면..."

그러나 이반 이바노비치는 그가 대화를 끝내고 싶을 때 늘상 하던 대로 메추라기 사냥에 대해 말하기 시작했다.

그렇게 경찰서장은 아무 성과도 거두지 못한 채 집으로 돌아가야 했다.

- 6 -
독자는 이 장에 쓰여진 모든 것을 쉽게 알 수 있을 것이다

법원에서 아무리 일을 숨기려고 노력했어도 다음날이 되자 미르고로드 전체가 이반 이바노비치의 돼지가 이반 니키포로비치의 청원서를 훔쳐 갔다는 것을 알게 되었다. 경찰서장이 깜빡하고서 먼저 그 말을 발설하고 말았던 것이다. 사람들이 이반 니키포로비치에게 그 일에 대해 물었을 때, 그는 아무 말도 하지 않고 "그게 갈색 돼지였습니까?"라고 묻기만 했다.

그러나 그 자리에 있었던 아가피야 페도세예브나는 다시 한번 이반 니키포로비치를 공격하기 시작했다. "무슨 일이예요, 이반 니키포로비치? 이 일을 그냥 두면 사람들이 바보라고 당신을 비웃을 거예요! 이러고도 당신이 귀족이라고 할 수 있어요! 당신은 그렇게 좋아하는 튀긴 꿀 과자를 파는 여인네보다 못한 사람이 될 거라구요." 지칠 줄 모르는 그녀는 마침내 그를 설득했다! 그녀는 어디선가 얼굴에 온통 반점이 있는 거무스름한 피부를 가진 중년의 남자를 찾아냈다. 그는 팔꿈치에 헝겊을 덧댄 어두운 푸른색 프록코트를 입고 있었다. 완벽한 관청의 잉크병이라 할만한 사람이었다! 그는 장화를 타르로 칠했고 귀에 세 개의 깃털펜을 꽂고 다녔으며, 잉크병 대신 줄에 매단 작은 유리병을 단추에 붙잡아매고 있었다. 그는 한 번에 아홉 개의 파이를 먹었고 열 번째 파이는 주머니에 넣었다. 그는 공식 문장이 그려진 종이 한 장에 온갖 비방하는 말을 어찌나 많이 써넣었는지 누구라도 기침과 재채기를 번갈아 하지 않고서는 한 번에 그것을 다 읽을 수 없었다. 인간과 비슷한 모양을 한 이 작은 존재가 깊이 파고들어 생각하고 열중하고 쓰더니 마침내 다음과 같은 문서를 만들어냈다.

"니키포로비치의 아들 귀족 이반 도브고츠훈이 미르고로드의 군 법원으로 보냄.

나 니키포로비치의 아들 귀족 이반 도브고츠훈이 이반의 아들 귀족 이반 페레레펜코와 관련해 제출하고 미르고로드 군 법원이 묵인한 청원의 결과에 대하여. 그리고 비밀스럽게 유지되었다가 이미 관계없는 사람들에 의해 소문이 나게 된 갈색 돼지의 뻔뻔한 무법 행위에 대하여. 이러한 허용과 묵인은 악의적인 의도를 가진 것으로서 지체 없이 재판에 처해져야만 한다. 왜냐하면 그 돼지는 어리석은 동물이고 더욱이 문서를 훔칠 능력이 있기 때문이다. 이것으로써 이미 약탈과 살해기도, 성물모독의 죄가 있는, 자신을 귀족이라고 부르는 나의 적 이반의 아들 이반 페레레펜코가 자주 언급되는 돼지를 그 일에 부추겼다는 것이 명백하게 드러난다. 그러나 이 미르고로드 법원은 그 특유의 편파적인 태도로 그 작자에게 비밀스런 동의를 표명했다. 그런 동의가 없었더라면 그 돼지가 문서를 훔쳐내는 일은 결코 허용되지 않았을 것이다. 왜냐하면 미르고로드의 군 법원은 좋은 하인을 두고 있기 때문이다. 이것을 증명하기 위해서는 항상 접견실에 머물고 있는 한 군인을 거론하는 것만으로도 충분하다. 그는 비록 한쪽 눈이 사시이고 팔을 조금 다치기는 했지만 돼지를 쫓아내고 곤봉으로 때릴 정도의 능력은 얼마든지 있기 때문이다. 이것을 고려하건대, 미르고로드 법원이 묵인했다는 사실과 그들이 서로 합의하여 유대인처럼 이익을 나누었다는 사실이 신빙성 있게 보인다. 위에서 언급한 강도이자 귀족인 이반의 아들 이반 페레레펜코는 범죄자가 됨으로써 공적으로 치욕을 당했다. 따라서 나 니키포로비치의 아들 이반 도브고츠훈은 해당 군 법원으로 하여금 다음의 사실을 마땅히 알게 하고자 한다. 만약 위 갈색 돼지 혹은 돼지와 공모한 귀족 페레레펜코에게서 해당 청원서를 찾아내지 못하거나 그것에 대해 공정하고도 나의 이익에 부합되는 결정이 취해지지 않는다면, 나 니키포로비치의 아들 귀족 이반 도브고츠훈은 그러한 법원의 불법적인 묵인에 대하여 이 사건을 위임하는 합당한 형식을 갖추어 최고 법원에 고소할 것이다. 미르고로드 군 귀족 니키포로비치의 아들 이반 도브고 츠훈.”

이 청원서는 제 효과를 나타냈다. 판사는 일반적으로 모든 선량한 사람들이 그렇듯 겁이 많은 인물이었다. 그는 비서에게 몸을 돌렸다. 그러나 비서는 입술 사이로 둔탁한 ‘음’ 소리를 내고는 얼굴에 무관심하고 악마같이 애매한 표정을 지었다. 그것은 자기 발아래에서 그에게 도움을 청하러 달려오는 희생물을 쳐다볼 때 사탄만이 지을 수 있는 표정이었다. 그러나 한 가지 방법이 남아 있었다. 두 친구를 화해시키는 것이었다. 그렇지만 지금까지 모든 시도가 실패했는데 어떻게 그 일에 착수할 것인가? 그럼에도 불구하고 다시 시도해 보자는 결정을 내렸다. 그러나 이반 이바노비치는 솔직하게 화해를 원하지 않는다고 선언했으며, 심지어 매우 화를 내기까지 했다. 이반 니키포로비치는 대답 대신 등을 돌리고 아무 말도 하지 않았다. 그러자 사건은 재판이 보통 그렇다고 알려져 있는 것처럼 비정상적일 정도의 빠른 속도로 진척되었다. 문서에 날짜를 적고 기록하고 번호를 붙여 파일로 만들어 서명을 한 뒤 그날로 책장에 넣어버렸다. 그곳에서 그 사건은 일 년, 이 년, 삼 년이 지날 때까지 그대로 계속, 계속 놓여 있었다. 그 사이 많은 아가씨들이 시집을 갔고 미르고로드에는 새로운 거리가 뚫렸으며, 판사의 어금니 하나와 송곳니 두 개가 빠졌다. 이반 이바노비치의 집 마당에는 전보다 더 많은 아이들이 뛰어다녔다. 그 아이들이 어디서 나타났는지는 하느님만이 아실 일이다! 이반 니키포로비치는 이반 이바노비치를 비난하는 의미로 전보다 좀 떨어진 위치에 새로운 거위 우리를 지었고 완전히 이반 이바노비치와 담을 쌓고 지냈다. 그리하여 이 훌륭한 사람들은 거의 서로의 얼굴을 보지 않고 지냈으며, 사건은 잉크 자국 때문에 대리석처럼 변해 버린 책장 속에 가장 좋은 형태로 아직까지 놓여있다.

그러는 사이 미르고로드 전체에 아주 중요한 일이 일어났다.

경찰서장이 연회를 연 것이다! 모인 이들의 다양함과 화려한 연회를 묘사하기 위해 어디서 적당한 붓과 물감을 구할 수 있을까? 시계를 들어 그것을 열어 무슨 일이 일어나고 있는지 한번 보시라! 끔찍한 넌센스가 아닌가? 더 많지는 않더라도 그 정도 숫자의 바퀴들이 경찰서장의 마당에 서 있다고 상상해 보시라. 그곳에서 볼 수 없는 사륜마차와 짐마차는 없었다! 어떤 마차는 뒤부분이 넓었고 앞부분이 좁았으며, 다른 마차는 뒷부분이 좁고 앞부분이 넓었다. 어떤 마차는 동시에 사륜마차이면서 짐마차이기도 했다. 다른 마차는 사륜마차도 짐마차도 아니었다. 또 다른 마차는 큰 건초더미 혹은 뚱뚱한 상인 부인을 닮았다. 어떤 것은 너덜너덜한 옷을 입은 유대인 혹은 아직 완전히 가죽이 떨어져 나가지 않은 해골을 닮았다. 또 옆모습이 긴 담뱃대와 닮은 것도 있었다. 아무 것도 닮지 않고 무엇인가 이상한 존재, 완전히 흉하고 매우 환상적인 것을 형상화한 마차도 있었다. 이 바퀴와 마부석이 뒤섞인 혼돈 한가운데서 두꺼운 십자 모양 창살을 댄 방 크기만한 창문을 가진 마차 비슷한 것이 솟아올라 있었다. 회색의 카프카즈식 웃옷, 긴 겉옷, 삼으로 만든 코트, 양털모자, 다양한 형태와 크기의 챙 달린 모자를 쓴 마부들이 손에 담뱃대를 쥐고 멍에를 푼 말들을 데리고 마당을 가로지르고 있었다. 경찰서장이 베푼 연회는 정말 굉장했다! 내가 그곳에 온 모든 사람들을 열거하는 것을 양해하시라. 타라스 타라소비치, 예브플 아킨포비치, 예브치히 뎨브치히녜비치, 그 이반 이바노비치가 아닌 다른 이반 이바노비치, 사바 가브릴로비치, 우리의 이반 이바노비치, 옐레프페리 옐레프페리예비치, 마카르 나자리예비치, 포마 그리고리예비치... 더 이상은 못하겠다! 힘이 없다! 더 쓰려니 팔이 피곤하다! 여인들은 얼마나 많은지! 거무스름한 여인들, 얼굴이 흰 여인들, 몸이 긴 여인들, 짧은 여인들, 이반 니키포로비치처럼 뚱뚱한 여인들, 그들 모두를 경찰서장의 칼집에 숨길 수 있을 정도로 마른 여인들. 부인용 두건과 드레스는 얼마나 많은지! 붉은색, 노란색, 커피색, 녹색, 푸른색, 새것, 안팎을 뒤집은 것, 다시 재단한 것. 숄, 리본, 부인용 핸드백! 안녕, 가엾은 눈이여! 이런 광경을 본 후에는 너는 어디에도 쓸모가 없을 것이다. 또 식탁은 얼마나 길게 차려졌는지! 모두가 얼마나 말을 많이 했는지, 얼마나 소란스러웠는지! 모든 맷돌, 바퀴, 기어, 절구를 가진 이 방앗간에 비할 것은 없다! 그들이 무엇에 대해 이야기했는지는 말할 수 없지만, 유쾌하고 유익한 많은 것들에 대해서 이야기했으리라고 생각해야만 할 것이다. 예를 들면, 날씨나 개에 대해, 밀이나 모자, 말에 대해서. 마침내 그 이반 이바노비치가 아닌 애꾸눈인 다른 이반 이바노비치가 말했다.

"내 오른쪽 눈이 (애꾸눈인 이반 이바노비치는 항상 자신에 대해 냉소적으로 말하곤 했다) 이반 니키포로비치 도브고츠힌을 보지 못하는 것이 참으로 이상하군요."

"오고 싶어하지 않았습니다." 경찰서장이 말했다.

"어째서요?"

"그들이, 그러니까 이반 이바노비치와 이반 니키포로비치가 서로 싸운 지 벌써 두 해가 되었지요. 한 사람이 있는 곳에 다른 사람은 절대 가지 않는답니다!"

"무슨 말씀을 하시는 겁니까!" 이렇게 말하면서 애꾸눈인 이반 이바노비치는 눈을 위로 향하고 팔짱을 꼈다. "멀쩡한 두 눈을 가진 사람들이 세상에 살지 않는다면, 애꾸눈을 가진 나는 이제 어떻게 살란 말입니까!" 이 말에 모두가 입을 벌리고 크게 웃었다. 사람들은 모두 애꾸눈인 이반 이바노비치가 요즘 취향에 완전히 들어맞는 농담을 해서 그를 매우 좋아했다. 프란넬 프록코트를 입고 코에는 반창고를 붙이고 지금까지 구석에 앉아 심지어 코에 파리가 날아와도 얼굴 한번 꿈쩍하지 않았던 키가 크고 마른 사람도 제자리에서 일어나 애꾸눈인 이반 이바노비치를 둘러싼 사람들 가까이 다가갔다.

"들어보세요!" 애꾸눈 이반 이바노비치는 점잖은 사람들이 자신을 둘러싼 것을 보고 말했다. "들어보세요. 지금 이렇게 제 애꾸눈을 들여다보는 대신 우리의 두 친구들을 화해시킵시다! 지금 이반 이바노비치는 여인네들과 아가씨들과 대화를 나누고 있어요. 몰래 이반 니키포로비치에게 사람을 보내서 그들이 만나게 하는 겁니다."

모두가 이반 이바노비치의 제안을 한마음으로 받아들였고, 즉각 이반 니키포로비치의 집으로 사람을 보내 무슨 일이 있더라도 경찰서장 집의 점심 식사에 초대하기로 결정했다. 그러나 누구에게 이 중요한 일을 맡길 것인가라는 중대한 질문이 모두를 의혹에 빠뜨렸다. 그들은 오랫동안 누가 외교적인 분야에서 더 능력 있고 능숙한가에 대해 논쟁을 벌였다. 마침내 만장일치로 안톤 프로코피예비치 골로푸즈에게 이 일을 맡기기로 결정했다. 그러나 먼저 이 훌륭한 인물에 대해 독자에게 약간 소개할 필요가 있다. 안톤 프로코피예비치는 선하다는 말이 의미하는 모든 면에 있어서 완전히 선한 사람이었다. 미르고로드에서 존경받는 사람들이 그에게 목에 두를 손수건이나 속옷을 주면 그는 감사하며 받았다. 누군가 그의 코끝을 가볍게 튕겨도 그는 감사하다고 말했다. 만약 누군가 그에게 "안톤 프로코피예비치, 어째서 당신의 프록코트는 갈색인데 소매는 하늘색인가요?"라고 질문하면, 그는 항상 이렇게 대답했다. "당신은 그런 것이 없으시군요! 좀 기다려 보세요. 옷이 닳도록 입으면 다 똑같아진답니다!" 정말 그랬다. 하늘색 천은 태양빛을 받아서 갈색으로 변하기 시작했고 지금은 완벽하게 프록코트 색깔이 되어 버렸다. 그러나 이상하게도 안톤 프로코피예프는 여름에는 나사로 된 옷을 입고 겨울에는 무명옷을 입는 습관을 갖고 있었다. 안톤 프로코피예비치는 자기 집이 없었다. 전에는 도시 끝에 집이 있었지만 그는 그 집을 팔아 그 돈으로 밤색 털을 가진 말이 끄는 트로이카와 작은 사륜마차를 샀고 그것을 타고 지주들 집을 돌아다녔다. 그러나 그들과 너무 많은 일들이 있었다. 게다가 귀리를 살 돈이 필요해져서 안톤 프로코피예비치는 그것들을 바이올린과 하녀와 바꾸었는데, 덤으로 25루블 짜리 지폐를 받았다. 후에 안톤 프로코피예비치는 바이올린을 팔았고 하녀를 금색의 모로코 가죽 담배쌈지와 바꾸었다. 지금 그에게는 어느 누구에게도 없는 담배쌈지가 있었다. 그것이 주는 만족 때문에 그는 더 이상 마을을 돌아다니지 않았고, 도시에 머물면서 여러 집에서, 특히 그의 코끝을 튕기는 데서 만족을 얻는 귀족들 집에서 숙식을 해야만 했다. 그는 잘 먹는 것을 좋아했고 카드놀이를 꽤 잘했다. 항상 복종하는 것이 그의 성정이라 그는 털모자와 지팡이를 손에 쥐고서 곧바로 길을 나섰다. 그러나 길을 가면서 그는 어떻게 해야 이반 니키포로비치가 연회에 올 수 있을지 생각하기 시작했다. 훌륭하기는 하지만 그 사람의 거친 성정 때문에 이 일은 거의 불가능하게 여겨졌다. 실제로 침대에서 일어나는 것조차 큰 힘이 드는 사람이 어떻게 오기로 마음을 먹을 수 있단 말인가? 그가 일어난다고 치자. 그래도 도저히 화해할 수 없는 적이 있다는 것을 그가 알고 있는데 어떻게 그곳으로 오겠는가? 안톤 프로코피예비치는 생각을 하면 할수록 할 수 없는 이유를 더 많이 찾아낼 뿐이었다. 숨 막힐 듯한 날씨에 태양은 작열했다. 땀이 비 오듯이 흘렀다. 사람들이 그의 코를 튕기기는 했지만 안톤 프로코피예비치는 많은 일을 똑똑하게 처리하는 사람이었다. 교환할 때만 유독 운이 없었을 뿐이다. 그는 언제 바보인 척해야 하는지 잘 알고 있었고, 현명한 사람도 빠져나가기 어려운 상황이나 경우에도 때때로 당황하지 않는 법을 알았다. 그의 창의적인 정신이 이반 니키포로비치를 설득할 방법을 생각하고 이미 그가 모든 것에 맞서서 용감하게 걸어가고 있을 때, 예기치 않은 한 가지 상황이 그를 약간 혼란스럽게 했다. 여기서 독자에게 이 사실을 알리는 것이 방해가 되지는 않을 것이다. 안톤 프로코피예비치에게는 이상한 특징을 가진 바지가 있었는데, 그가 그 바지를 입을 때면 늘 개들이 그의 장딴지를 물어뜯곤 했던 것이다. 불행하게도 그날 그는 바로 그 바지를 입고 있었다. 그리하여 그가 여러 생각에 잠기자마자 사방에서 개 짖는 끔찍한 소리가 그의 청각을 강타했다. 안톤 프로코피예비치는 어찌나 크게 소리를 질렀던지 (그보다 더 크게 소리를 지를 수 있는 사람은 없었다) 우리가 잘 알고 있는 노파와 무한히 큰 프록코트를 입은 사람이 그를 맞이하러 뛰어나왔을 뿐 아니라, 심지어 이반 이바노비치의 마당에서 남자 아이들조차 그에게 쏟아져 달려 나왔다. 개들이 한쪽 다리만 물었을 뿐인데도 그는 용기가 무척이나 꺾여서 소심해진 상태로 현관 쪽으로 다가갔다.

- 7 -
그리고 마지막 장

"아! 안녕하십니까. 무엇 때문에 개들을 귀찮게 하시는 겁니까?" 이반 니키포로비치는 안톤 프로코피예비치를 보고 말했다. 안톤 프로코피예비치와는 모두가 농담하듯이 말했다.

"저놈들이 다 죽어버렸으면 좋겠습니다! 누가 귀찮게 한다는 겁니까?" 안톤 프로코피예비치가 대답했다.

"거짓말을 하시는군요."

"맹세코 그렇지 않습니다! 표트르 페도로비치께서 당신을 점심 식사에 초대하셨습니다."

"음!"

"제발요! 너무나 간곡히 청하셔서 어떻게 표현해야 할지 모르 겠습니다. 이반 니키포로비치가 나를 적이라도 되는 것처럼 피 하니 어찌 된 영문인지 모르겠다고 하셨습니다. 이야기를 하거 나 잠시 앉아 있으려 들르는 일도 없다고요."

이반 니키포로비치는 자신의 턱을 쓰다듬었다.

"그분이 말씀하시기를, 만일 이반 니키포로비치가 지금 오지 않는다면, 어떻게 생각해야 할지 모르겠다고요. 아마도 그분이 나에게 어떤 나쁜 생각을 가지고 있나 보다! 안톤 프로코피예비 치, 부디 이반 니키포로비치를 설득해 주시오! 라고 하셨지요. 그러니 어쩌시겠습니까, 이반 니키포로비치? 가십시다! 그곳에 지금 멋진 사람들이 모여있답니다!"

이반 니키포로비치는 현관에 서서 온 힘을 다해 목청을 높이 고 있는 수탉을 쳐다보기 시작했다.

"만약 표트르 페도로비치에게 얼마나 신선한 굴과 철갑상어 알을 보내왔는지 당신이 아신다면, 이반 니키포로비치!" 열성적 인 파견인은 계속해서 말했다.

이 말에 이반 니키포로비치는 머리를 돌려서 주의 깊게 귀를 기울이기 시작했다.

이것은 파견인을 고무시켰다.

"빨리 갑시다, 거기에는 포마 그리고리예비치도 와 있습니다! 무엇을 하시는 겁니까?" 그는 이반 니키포로비치가 여전히 똑같은 자세로 누워있는 것을 보고 덧붙였다.

"뭐하세요? 가실 겁니까, 안 가실 겁니까?"

"가기 싫소."

'가기 싫다'는 말은 안톤 프로코피예비치에게 충격을 주었다. 그는 이미 자신의 설득력 있는 묘사가 이 훌륭한 사람의 마음을 완전히 기울어지게 했다고 생각하고 있었던 것이다. 그런데 그 대신에 결정적으로 '가기 싫다'는 말을 들은 것이다.

"무엇 때문에 가기 싫다는 겁니까?" 그는 거의 짜증을 내며 물었는데, 이런 일은 그에게서 매우 드물었다. 심지어 판사와 경찰서장이 재미로 그의 머리 위에 불에 타고 있는 종이를 얹었을 때도 볼 수 없는 일이었다.

"마음대로 하십시오, 이반 니키포로비치, 저는 무엇이 당신을 주저하게 만드는지 모르겠군요."

"무엇 때문에 내가 간단 말입니까?" 마침내 이반 니키포로비치가 말을 내뱉었다. "거기에는 강도가 있을 텐데요!" 그는 평상시 이반 이바노비치를 그렇게 불렀다. 하느님 맙소사! 그렇게 오래전 일인데도...

"절대, 없을 겁니다! 하느님의 거룩하심을 두고 맹세하건대 없을 거예요! 지금 이 자리에서 벼락이 쳐서 나를 죽여도 좋습니다!" 한 시간 동안 열 번이나 하느님의 이름을 걸고 맹세할 준비가 되어 있는 안톤 프로코피예비치가 대답했다. "가십시다, 이반 니키포로비치!"

"당신은 거짓말을 하고 있어요, 안톤 프로코피예비치, 그가 거기 있지요?"

"절대, 절대 아닙니다! 그가 거기 있다면, 저는 이 자리를 떠나지 않을 겁니다! 스스로 판단해 보세요. 제가 무슨 이유 때문에 거짓말을 하겠습니까! 제 팔 다리가 마비되어도 좋습니다!.. 어때요, 지금도 믿지 못하시겠습니까? 제가 여기 당신 앞에서 죽어버려도 좋습니다! 제 아버지, 어머니, 제가 하느님의 나라를 보지 못해도 좋습니다! 여전히 믿지 못하시겠습니까?"

이반 니키포로비치는 이런 확언에 완전히 안심을 하고 무한히 큰 프록코트를 입고 있는 자신의 시종에게 폭이 넓은 바지와 무명 윗도리를 가져오게 했다.

나는 이반 니키포로비치가 어떻게 넓은 바지를 입고 넥타이를 두르고 마침내 왼쪽 소매가 터진 윗도리를 입었는지 묘사하는 것이 완전히 불필요한 일이라고 생각한다. 그가 내내 적당한 평온을 유지하고 있었고 그의 터키 담배쌈지와 무엇인가를 교환하지 않겠느냐는 안톤 프로코피예비치의 제안에 아무 대답도 하지 않았다는 것을 말하는 것으로 충분할 것이다.

그러는 사이 모인 사람들은 이반 니키포로비치가 나타나서 이 훌륭한 사람들이 화해하는 모두의 소망이 마침내 이루어질 결정적인 순간을 초조하게 기다리고 있었다. 많은 사람들은 이반 니키포로비치가 오지 않을 것이라고 확신했다. 심지어 경찰서장은 애꾸눈인 이반 이바노비치에게 그가 오지 않을 것이라며 내기를 걸자고 했다. 그러나 애꾸눈 이반 이바노비치가 자기는 애꾸눈을 걸테니 그에게 총알을 맞은 다리를 걸라고 요구하자 내기는 성사되지 않았다. 경찰서장은 매우 큰 모욕을 느꼈던 것이다. 사람들은 소리를 내지 않고 웃었다. 이미 두 시가 되었는데도 아무도 식탁에 앉지 않았다. 이 시간이면 미르고로드에서는 심지어 열병식이 있을 때에도 이미 오래전에 점심 식사를 하고 있을 터였다.

안톤 프로코피예비치가 문간에 나타나자 그 순간 모두가 뒤로 물러났다. 안톤 프로코피예비치는 모든 질문에 대해 결정적인 한마디만 외쳤다. "오지 않을 것입니다." 그가 이 말을 하자마자 파견의 실패에 대해 그의 머리 위에 질책과 욕설, 심지어 코를 튕기는 행동이 우박처럼 쏟아질 판이었다. 바로 그때 갑자기 문이 열리고 이반 니키포로비치가 들어왔다.

사탄이나 죽은 자가 나타났다 하더라도 모인 사람들에게 그런 충격을 줄 수는 없었을 것이다. 그 정도로 이반 니키포로비치의 예기치 않은 등장은 사람들을 경악에 빠뜨렸던 것이다. 안톤 프로코피예비치는 모든 사람을 놀려주었다는 기쁨에 옆구리를 잡고서 크게 웃기 시작했다.

어쨌거나 모든 사람들은 이반 니키포로비치가 그렇게 짧은 시간에 귀족에게 걸맞는 차림새를 할 수 있었다는 것을 믿을 수 없었다. 그 순간에 이반 이바노비치는 자리에 없었다. 그는 무슨 일 때문인가 밖으로 나가 있었던 것이다. 경악했다가 제정신을 차린 사람들은 이반 니키포로비치의 건강에 관심을 나타냈고 그의 몸이 더 불어난 것에 만족감을 표시했다. 이반 니키포로비치는 모든 사람과 입을 맞추며 "매우 감사합니다"라고 말했다.

그러는 사이 보르쉬 냄새가 방 가운데 퍼지고 배고픈 손님들의 코를 기분 좋게 간질였다. 모두 식당으로 몰려갔다. 수다스럽고 말 없고 마르고 뚱뚱한 부인들의 행렬이 먼저 앞으로 늘어섰고 긴 식탁은 온갖 색깔로 잔물결이 일었다. 식탁에 차려진 음식을 묘사하지는 않겠다! 스메타나가 든 므니슈키, 보르쉬에 딸려 나온 내장, 자두와 건포도와 함께 나온 칠면조 요리, 크바스[14]에 담근 장화를 매우 닮은 요리, 전통적인 요리사의 백조의 노래라 할만한 소스, 포도주로 만든 불꽃에 휩싸여서 제공된 이 소스는 부인들을 매우 즐겁게 하면서 동시에 무섭게 했는데, 이 모든 것에 대해 아무것도 언급하지 않겠다. 내가 이 요리들에 대해 말하지 않는 이유는 말로 그 요리들에 대해 퍼뜨리는 것보다 직접 먹는 것을 훨씬 좋아하기 때문이다. 이반 이바노비치는 고추냉이와 함께 만든 생선 요리가 무척 마음에 들었다. 그는 특히 몸에 유익한 이 일에 전념했다. 가장 가느다란 생선뼈를 골라내면서 그

---

14 나맥과 엿기름으로 만든 러시아의 전통 청량음료

는 그 뼈를 접시 위에 놓았다. 그러면서 어쩌다 반대편을 쳐다보았는데 하늘에 계신 창조주여, 얼마나 이상한 일인가! 그의 맞은편에 이반 니키포로비치가 앉아있는 것이 아닌가. 똑같은 순간에 이반 니키포로비치도 그를 쳐다보았다!..아니다! 쓸 수가 없다!.. 내게 다른 펜을 주시오! 내 펜은 이 그림을 그리기에는 생기와 생명력이 없고 가는 틈새조차 나 있다! 놀라움이 표현된 그들의 얼굴은 마치 돌이 되어버린 것 같았다. 그들은 오래전부터 익숙한 얼굴을 보고 예기치 않게 만난 친구에게 자기도 모르게 다가가 "하시겠습니까"나 "감히 권해도 될는지"라고 말하며 담배 상자를 내밀 것만 같았다. 그러나 동시에 그 얼굴은 좋지 않은 징조처럼 무시무시했다! 이반 이바노비치와 이반 니키포로비치는 땀을 비 오듯 흘렸다. 식탁에 앉아있던 모든 사람들은 주의를 집중하느라 아무 말도 하지 않고 한때 친구였던 이들에게서 눈을 떼지 않았다. 그때까지 어떻게 거세한 수탉을 요리하는지에 대해 매우 흥미로운 대화를 나누던 부인들도 갑자기 대화를 멈추었다. 모든 것이 잠잠해졌다! 이것은 위대한 화가의 붓으로 그릴만한 장면이었다! 마침내 이반 이바노비치가 손수건을 꺼내서 코를 풀기 시작했다. 이반 니키포로비치는 주위를 둘러보더니 열려있는 문에 눈을 고정시켰다. 경찰서장은 곧바로 이 움직임을 포착하고 문을 더 굳게 닫으라고 지시했다. 그러자 두 친구는 각자 식사하기 시작했고 한 번도 서로를 쳐다보지 않았다.

점심 식사가 끝나자 이전의 두 친구는 갑자기 자리에서 일어나더니 슬그머니 빠져나가기 위해 털모자를 찾기 시작했다. 그러자 경찰서장이 눈짓을 했고, 그 이반 이바노비치가 아닌 다른 애꾸눈의 이반 이바노비치는 이반 니키포로비치의 등 뒤에, 경찰서장은 이반 니키포로비치의 등 뒤에 섰다. 두 사람은 그들이 손을 내밀 때까지 놔주지 않으려고 등 뒤에서 그들을 밀기 시작했다. 애꾸눈을 가진 이반 이바노비치는 약간 비스듬하긴 했지만 제법 성공적으로 이반 이바노비치가 서 있는 곳으로 이반 니키포로비치를 밀었다. 그러나 경찰서장의 목적은 너무 빗나가 버렸다. 왜냐하면 이번에는 전혀 말을 듣지 않고 마치 일부러 그러기라도 하듯 너무 멀리, 그것도 완전히 반대 방향으로 뻗어 제멋대로 움직이는 다리를 그가 도저히 제어할 수 없었기 때문이다.(식탁에 너무 많은 다양한 과실주가 있었기 때문에 이런 일이 일어난 것 같다.) 그리하여 이반 이바노비치는 호기심 때문에 가장 가운데에 머리를 내밀고 있던 붉은 드레스를 입은 부인 위로 넘어졌다. 그런 징조는 어떤 좋은 것도 예고하지 못한다. 그러나 판사는 이 일을 수습하기 위해 경찰서장의 자리를 차지하여 윗입술에 묻은 코담배를 모조리 빨아들인 후 이반 이바노비치를 다른 쪽으로 밀었다. 미르고로드에서는 이것이 통상 화해의 방식이었다. 그것은 공놀이와 약간 비슷한 데가 있다. 판사가 이반 이바노비치를 밀자 마자 애꾸눈의 이반 이바노비치는 온 힘을 다해 버티면서 지붕에서 빗물이 떨어지듯이 땀을 흘리고 있는 이반 니키포로비치를 밀었다. 두 친구가 아주 강하게 버텼지만 그들은 결국 부딪히고 말았다. 왜냐하면 양쪽에서 행동하는 두 사람 모두 다른 손님들로부터 상당한 지원을 받았기 때문이다.

사방에서 그들을 에워싸고 그들이 서로에게 손을 내밀 때까지 그들을 놓아주지 않았다. "하느님이 함께 하시기를, 이반 니키포로비치, 이반 이바노비치! 양심에 따라 말해 보세요. 도대체 무엇 때문에 싸우신 겁니까? 사소한 일 때문이 아닌가요? 사람들과 하느님 앞에서 부끄럽지 않으십니까?"

"모르겠습니다." 이반 니키포로비치가 지쳐 숨을 헐떡이면서 말했다(그가 화해할 마음이 전혀 없지는 않다는 것이 보였다). "제가 이반 이바노비치에게 무슨 일을 했는지 모르겠습니다. 무엇 때문에 그가 내 우리를 부수고 나를 죽이려고 한 걸까요?"

"어떤 악한 의도도 없었습니다." 이반 이바노비치가 이반 니키포로비치에게 눈길도 주지 않고 말했다. "하느님과 존경하는 귀족인 여러분 앞에서 맹세하건대, 저는 제 원수에게 어떤 일도 한 것이 없습니다. 무엇 때문에 그는 저의 지위와 신분에 해를 끼치려 한단 말입니까?"

"어떻게 내가 이반 이바노비치, 당신에게 해를 끼쳤단 말입니까?" 이반 니키포로비치가 말했다. 일 분만 더 설명을 하면 오래된 불화는 꺼져버릴 준비가 다 된 것 같았다. 이미 이반 니키포로비치는 담배상자를 꺼내어 "하시겠습니까"라고 말하기 위해 손을 주머니에 넣고 있었다.

"정말 해를 끼치지 않았단 말인가요." 이반 이바노비치는 눈을 들며 대답했다. "귀하께서 여기서 말하기도 무례한 말로 내 신분과 성을 모욕했는데도요."

"친구처럼 당신에게 말하는 것을 허락해 주십시오, 이반 이바노비치! (이 말을 하면서 이반 니키포로비치는 손가락으로 이반 이바노비치의 단추를 살짝 건드렸는데, 이것은 그의 완전한 호의를 의미하는 것이었다) 딩신이 도대체 무엇 때문에 마음이 상하셨는지 모르겠습니다. 내가 당신을 숫거위라고 불렀다고 해서..." 이반 니키포로비치는 조심하지 않고 이 단어를 입 밖에 낸 것을 깨달았다. 그러나 이미 늦어버렸다. 단어를 입 밖에 내고 말았던 것이다.

모든 것은 다 망쳐지고 말했다!

지켜보는 이들이 없이 이 단어를 말했을 때에도 이반 이바노비치가 자제력을 잃고 얼마나 격분했던지 그런 상태에 있는 사람을 부디 보지 않게 해주기를 신께 바라고 싶을 정도였는데, 하물며 지금 친애하는 독자들이여, 생각해 보시라. 이 살인적인 단어가 이반 이바노비치가 특히 예의를 차리기 좋아하는 많은 부인들이 모여있는 곳에서 발설되었다니? 이반 니키포로비치가 그런 식으로 행동하지 않고, 숫거위가 아닌 새를 말했더라면 상황이 달라졌을 수도 있을 것이다.

그러나 모든 것은 끝나버렸다!

그는 이반 니키포로비치를 쳐다보았는데, 그 시선이란! 만약 그런 시선이 행정적인 권력을 부여받았더라면, 이반 니키포로비치는 재로 변해버렸을 것이다. 손님들은 이 시선을 이해하고 알아서 두 사람을 서둘러 떼어놓았다. 그리고 온순함의 본보기인 이 사람, 자세히 묻지 않고는 거지 여자 한 명도 그냥 보내는 법이 없던 이 사람은 끔찍한 광분에 사로잡혀 달려 나갔다. 정열은 그렇게 강력한 폭풍우를 가져오는 것이다!

한 달 내내 이반 이바노비치에 대해서 아무 말도 들리지 않았다. 그는 자기 집에 틀어박혔다. 비밀 궤짝이 열렸고 거기에서 무엇을 꺼냈던가? 금화였다! 옛날 조부 때의 금화! 이 금화는 잉크를 묻혀 더러워진 실무가들의 손에 전달되었다. 이 일은 상급법원으로 넘겨졌다. 이반 이바노비치가 내일이면 일이 해결된다는 기쁜 소식을 듣자 그때서야 그는 밖을 내다보고 집 밖으로 나올 결심을 했다. 아아! 그때부터 상급법원은 매일 내일이면 일이 끝난다고 하길 십 년 동안 계속했다!

오 년 전에 나는 미르고로드를 지날 일이 있었다. 날씨가 좋지 않았다. 그해 가을은 우울하고 습기에 찬 날씨에 진창과 안개가 많았다. 지루하게 끊임없이 내린 비로 생겨난 어떤 부자연스러운 풀이 들판과 밭을 얇은 망처럼 덮고 있었다. 그 풀은 노인에게 약간의 광기가, 노파에게 장미가 어울리듯이 들판에 어울렸다. 그때 나는 날씨의 영향을 강하게 받고 있었다. 나는 날씨가 지루할 때 지루해하곤 했다. 하지만 그럼에도 불구하고 미르고로드로 다가가기 시작했을 때, 나는 심장이 세차게 뛰는 것을 느꼈다. 하느님 맙소사, 얼마나 많은 추억이 떠오르는지! 나는 12년 동안이나 미르고로드를 보지 못했던 것이다. 그 당시 이곳에는 감동적인 우정을 나누던 두 명의 유일한 사람, 두 명의 유일한 친구가 살고 있었다. 그 사이 얼마나 많은 유명한 이들이 죽었던가! 판사 데미얀 데미야노비치는 이미 고인이 되어 있었다. 애꾸눈 이반 이바노비치도 세상을 떠났다. 나는 큰 길로 들어섰다. 어디에나 건초다발이 위로 향하도록 묶어놓은 긴 막대들이 서 있었다. 뭔가 새로운 계획이 진행되고 있었다! 몇몇 농가들은 헐려버렸다. 울타리와 왯가지의 잔해들이 음울하게 솟아있었다.

그날은 축제일이었다. 나는 멍석을 깐 내 포장마차를 교회 앞에 세우고 조용히 교회 안으로 들어갔다. 아무도 돌아보지 않았다. 사실 그럴 사람이 없었다. 교회는 텅 비어 있었던 것이다. 사람들은 거의 아무도 보이지 않았다. 가장 경건한 사람들도 진흙을 묻히는 것을 두려워한다는 것을 알 수 있었다. 흐린, 아니 그보다는 병에 걸린 것 같은, 낮에 켜놓은 촛불은 이상하게도 왠지 불쾌한 느낌을 주었다. 어두운 계단은 슬픈 느낌을 자아냈다. 둥근 유리를 댄 가늘고 긴 창문에는 빗물이 눈물처럼 흐르고 있었다. 나는 계단 쪽으로 가서 머리가 허옇게 세어버린 존경을 받을만한 한 노인에게 말을 걸었다. "여쭤봐도 되는지요, 이반 이바노비치가 살아 있습니까?" 이때 이콘 앞에 램프가 더 선명하게 타오르더니 그 불빛이 내 옆에 있는 사람의 얼굴을 똑바로 비추었다. 그 얼굴을 살펴보다가 익숙한 특징을 알아보고는 얼마나 놀랐는지! 그 사람은 바로 이반 니키포로비치였던 것이다! 그러나 그는 얼마나 변했던지!

"안녕하십니까, 이반 니키포로비치? 많이 늙으셨군요!"

"네, 늙었지요. 나는 오늘 폴타바에 다녀오는 길입니다." 이반 니키포로비치가 대답했다.

"무슨 말씀이세요? 이런 험한 날씨에 폴타바에 다녀오셨다구요?"

"어쩌겠습니까! 소송 때문에..."

이 말을 듣고 나는 무심결에 한숨을 쉬었다. 이반 니키포로비치는 이 한숨을 눈치채고 말했다.

"걱정하지 마십시오. 다음 주에는 나에게 유리하도록 일이 해결될 거라는 확실한 정보를 가지고 왔습니다."

나는 어깨를 으쓱하고는 이반 이바노비치에 대해 무엇이라도 알아보려고 했다.

"이반 이바노비치는 여기에 있습니다!" 누군가가 내게 말했다. "그는 성가대석에 있어요."

나는 그때 말라빠진 몸을 보았다. 이 사람이 이반 이바노비치란 말인가? 얼굴은 주름으로 가득했고 머리칼은 완전히 하얗게 세어버렸다. 그러나 외투만은 여전했다. 인사를 나누고 난 뒤 이반 이바노비치는 까마귀를 닮은 그의 얼굴에 항상 어울렸던 즐거운 미소를 띠고서 나를 바라보며 말했다.

"기분좋은 소식을 알려 드릴까요?"

"무슨 소식인가요?" 내가 물었다.

"내일이면 분명히 내 일이 해결됩니다. 상급법원이 틀림없다고 말했어요."

나는 더 깊은 한숨을 내쉬고는 아주 중요한 일로 길을 가는 중이었기 때문에 서둘러 작별 인사를 하고 마차에 앉았다. 미르고로드에서 파발마라는 이름으로 알려진 말라빠진 말들이 회색의 진창에 발굽이 푹 빠진 채 듣기 싫은 소리를 내며 늘어서 있었다. 명석을 뒤집어쓰고 마부석에 앉아있는 유태인 위로 억수 같은 비가 쏟아지고 있었다. 습한 기운이 내게 스며들었다. 감시초소에서는 상이군인이 자신의 회색 갑옷을 수리하고 있었다. 초소가 있는 음울한 도시의 관문이 천천히 옆으로 지나갔다. 또다시 군데군데 파헤쳐 지고 군데군데 풀이 나있는 검은 들판, 비에 젖은 갈가마귀와 까마귀, 단조로운 비, 빛 한 조각 없이 울 것만 같은 하늘이 펼쳐졌다. 여러분, 이 세상에 산다는 것은 지루하군요!

작품 해설

우습고도 서글픈 세계의 축소판인 미르고로드

1. 고골의 생애와 작품 경향

  니콜라이 바실리예비치 고골은 1809년 우크라이나의 폴타바에서 태어나 1852년 모스크바에서 사망했다. 열한 살에 네진에 있는 김나지움에 입학, 1828년에 졸업하자마자 출세의 꿈을 안고 페테르부르크로 상경했다. 배우가 되고자 했던 첫 도전에 실패하고 하급 관리로도 근무하다 곧 그만두고 나서, 1831년과 1832년에 각각 『지칸카 근교의 야화』 1, 2부를 발표하면서 작가로서 큰 성공을 거뒀다. 이어 1835년에는 『아라베스키』와 『미르고로드』를 발표해 성공의 가도를 이어갔다. 1836년에는 희곡 「검찰관」을 초연하여 역시 대성공을 거두었으나, 비평가들과 대중들이 이 작품을 사회 풍자극으로 잘못 이해하자 크게 실망하여 러시아를 떠났다. 그는 1848년에 러시아로 돌아오기까지 12년간 로마에 머물렀다. 이 시기 중 1842년에 단편 「외투」와 장편소설 『죽은 혼』 1권을 발표했다. 1845년에 『죽은 혼』 2권 집필을 완료했으나 출판하지 않고 원고를 불태워버렸다. 그 후 고골은 성지 순례를 다녀오고 기도와 금욕적인 수행에 몰두하는 등 종교적인 세계에 함몰되어갔다. 1852년에 『죽은 혼』 2권을 새롭게 쓴 그는 원고를 영적 지도자인 정교 사제 마트베이에게 원고를 보여주었다. 그는 마트베이로부터 종교적인 부분에 대해 비판을 듣고 다시 원고를 불태워버렸다. 극도의 우울증과 신경불안 상태에서 소진될대로 소진된 그는 결국 열흘 후 사망했다.

고골은 러시아 국민문학의 아버지 푸쉬킨과 동시대를 살면서 그의 문학적 후배를 자처했다. 그러나 그의 문학적 경향은 푸쉬킨과는 사뭇 대조된다. 푸쉬킨의 작품에도 환상적인 경향이 나타나기는 하지만, 환상성이 푸쉬킨 작품의 지배적인 특징이라고 보기는 어렵다. 반면, 고골의 세계는 온통 환상과 그로테스크가 지배한다. 코가 사람이 되어 돌아다니는가 하면, 페테르부르크 밤거리에 유령이 출몰하기도 한다. 푸쉬킨의 언어가 간결하고 단순하며 아름다운 러시아의 일상어를 선보인다면, 고골의 언어는 복잡하고 구문이 까다롭다. 그러나 그의 언어는 그 누구도 흉내 낼 수 없는 러시아적인 유머로 가득 차 있다.

고골은 당대 최고의 비평가 벨린스키에 의해, 비판적 사실주의의 대가로 불렸다. 비판적 사실주의란 현실의 부정적인 측면을 비판적으로 반영하는 19세기 러시아 문학사조를 말한다. 푸쉬킨이 재능은 있으나 사회에서 자신의 자리를 찾지 못하는 잉여인간을 통해 당대 현실을 비판했다면, 고골은 한 걸음 더 나아갔다. 그는 동시대인들의 부정적 속성을 비속함으로 규정했다. 비속함이란 물욕, 성욕, 명예욕 등 세속적 욕망의 집합체로, 보이는 것만을 추종하며 사회가 만들어놓은 가치기준을 맹목적으로 추종하는 것을 말한다. 특히 고골은 외모와 관등을 인간 내면의 가치보다 훨씬 중시하는 사회의 왜곡된 가치와 그것을 따라가는 사람들을 가차 없이 풍자했다. 고골이 본 러시아 현실은 실제 모습보다 더 뒤틀리고 과장된 것이었을지도 모른다. 그러나 그는 인간성이 실종된 러시아 사회의 문제점과 영혼이 죽어버린 인간의 본질을 정확히 꿰뚫어보고 있었다. 그럼에도 그는 끝까지 특유의 유머 감각을 잃지 않았다. '눈물을 머금은 웃음'이라고 불리는 그의 유머는 현실과 그 현실을 바라보는 그의 시각이 결합된 결과였다.

그는 마지막 대작 『죽은 혼』을 통해 러시아의 상처를 치유하고 새로운 미래를 향해 나아갈 방향을 제시하고 싶어 했다. 그 원대한 꿈이 좌절되었음에도 불구하고 그가 그려낸 러시아와 러시아인의 실상은 러시아 독자들이 그들의 적나라한 현실에 눈뜨도록 해주었다. 그래서일까. 이후 러시아 문학에서 고골은 푸쉬킨과 더불어 모든 작가들의 대선배로 추앙받게 된다. 특히 20세기 러시아 문학은 거의 고골이 지배했다고 해도 과언이 아닐 정도로 벨르이, 자먀틴, 불가코프, 조쉔코 등 많은 작가들에게서 고골의 흔적이 뚜렷하게 보인다. 그의 언어 역시 생생하게 살아남아 21세기인 지금까지도 그 영향력이 쇠하지 않고 있다.

2. 『미르고로드』의 세계

고골의 창작 시기는 크게 1831-1836년의 페테르부르크 시기와 그 이후로 구분할 수 있다. 페테르부르크 시기는 또다시 우크라이나를 배경으로 하는 『지칸카 근교의 야화』와 『미르고로드』를 쓴 시기, 그리고 페테르부르크를 무대로 하는 단편들과 「검찰관」을 쓴 시기로 나눌 수 있다. 이 선집에는 고골의 초기 작품에 해당하는 『미르고로드』에 수록된 네 편의 작품 중 「타라스 불바」를 제외한 세 편의 중편이 포함되었다. 「타라스 불바」는 분량도 상당한 데다 이미 단행본으로 출간되어 있어 굳이 포함시키지 않았다. 『미르고로드』는 『지칸카 근교의 야화』의 연속 편인 중편들'이라는 부제를 달고 있는 만큼, 앞서 발표된 『지칸카 근교의 야화』와 많은 유사성을 지닌다.

두 작품의 배경이 되는 우크라이나의 남부 지역은 북쪽에 거주한 러시아인들에게 특별한 관심의 대상이었다. 북부보다 온

화한 기후, 멋진 복장과 서정적인 노래... 특히 우크라이나의 마을 생활은 북부 러시아의 농촌 생활보다 더 시적인 색채를 띠었다. 우크라이나인들은 북쪽의 폴란드인들과 남쪽의 터키인들과 싸우며 호전적인 카자크로 살아야 했던 시기가 있어 수많은 전설, 서사시 등을 보유하고 있었다. 우크라이나어는 러시아어보다 더 선율적인데, 고골은 아직 발전 단계에 머물러 있는 우크라이나어가 아닌 러시아어로 작품을 썼다. 따라서 그에게서 두 민족성을 결합시키는 연결고리를 찾는 것은 어렵지 않다.

『미르고로드』에 수록된 작품들은 1832-1834년에 쓰였다. 이 중 「타라스 불바」는 15세기 우크라이나를 재현한 뛰어난 역사소설이다. 폴란드와 터키로부터 러시아를 수호하던 호전적인 카자크 공동체가 민속학적으로도 매우 사실적으로 재현되어 있다. 공동체 안에서 야전생활을 하는 용감한 카자크인들의 생활과 그들의 전쟁 수행능력이 소설 속에 탁월하게 묘사된다. 이 소설에서 고골은 카자크 고유의 생명력과 고통을 무시하는 사상을 아름다운 장면들 속에서 구현했다.

『지칸카 근교의 야화』가 우크라이나의 민간설화를 바탕으로 우스꽝스럽고도 기괴한 이야기들을 들려준다면, 『미르고로드』에는 현실의 사소한 것들이 인간을 재앙으로 몰아넣는 절망적인 분위기가 지배한다. 고골은 평생 인간의 일상생활에 침투하여 인간의 운명을 방해하는 악마적 힘이 실재한다고 믿었다. 그는 악마와의 싸움에서 선이 항상 승리하는 것은 아니라고 생각했다. 그래서 그의 많은 작품들에서는 악마 혹은 인간 내면의 불길한 힘이 인간을 파멸로 몰고 가는 결말이 자주 등장한다. 이 선집에 수록된 작품들의 경우도 마찬가지다.

『미르고로드』는 「비이」를 제외하고는 이전의 『지칸카 근교의 야화』에서 두드러진 환상성을 배제시킨다. 『지칸카 근교의 야화』에서 낭만주의적인 성향을 보였던 고골은 이 작품에서 처음으로 완전히 사실주의적인 재능을 꽃피운다. 벨린스키는 『미르고로드』가 세상에 등장하면서 러시아 문학이 완전히 새로운 방향으로 선회했다고 평가했다. 고골이 러시아 산문에서 행한 일은 푸쉬킨이 러시아 시에서 행한 것과 같은 대전환이라는 것이다. 그는 이 작품에 나타나는 '삶의 진실, 독창성과 우스꽝스러움, 깊은 슬픔의 감정'을 높이 평가하면서, 고골을 '현실적인 삶의 시인'이라고 불렀다. 그는 '고골은 삶 속의 모든 아름다운 것, 인간적인 것을 드러내면서 동시에 그 추함도 감추지 않는다. 그는 마지막까지 삶에 충실하다.'고 썼다. 고골의 유머 역시 삶에 대한 충실함에서 비롯된다. 고골의 유머는 '보잘것없음을 눈감아주지 않고, 추함을 꾸며주지도 않는다. 이 보잘것없음을 묘사하면서 그는 그것에 대한 혐오감을 불러 일으킨다.' 따라서 고골의 모든 중편은 '처음에는 우습지만 나중에는 서글프다.' 이제 이 우습고도 서글픈 작품들을 하나씩 구체적으로 살펴보도록 하자.

「구식의 지주들」

고골은 고향인 바실리예프카에서 여름을 보내고 난 후 1832년 말에 「구식의 지주들」을 구상하고 쓰기 시작했다. 이 작품에는 작가가 소러시아의 지주들의 생활상을 관찰하고 어린 시절을 추억하면서 떠올린 다양한 인상들이 반영되어 있다. 주인공 아파나시 이바노비치와 플리혜리야 이바노브나의 형상에는 고골의 할아버지와 할머니였던 아파나시 데니야노비치와 타티야나 세묘노브나의 특성들이 드러나고 있다고 한다. 벨린스키는 이 작품에서 일상의 산문 같은 삶에서 강렬한 시를 뽑아낼 줄 아는 작가의 재능을 높이 평가했다.

두 주인공이 몇 십 년 동안 먹고 마시는 것을 반복하는 것은 인류의 삶에 대한 패러디라 할 수 있다. 이런 동물적인 삶의 비속함은 캐리커처처럼 그려져 독자들의 웃음을 자아낸다. 그러나 독자들은 주인공들의 삶에 대해 읽으며 웃을지언정 그 웃음에는 악의가 없고, 그들이 겪는 깊은 슬픔에 진심으로 연민을 느끼게 된다.

소설의 화자는 소박하고 외부 세상과 단절된 평온한 세계에서 살고 있는 노부부의 삶을 추억하며, 그 삶이 불러일으키는 인상에 대해 '세상을 어지럽히고 있는 악한 영이 불러일으키는 정열과 욕망, 불안은 아예 존재하지 않으며, 당신은 그것을 화려하고 번쩍거리는 꿈속에서만 본 것이라고' 생각할 거라고 말한다. 아파니시 이바노비치와 플리헤리야 이바노브나는 '구식의' 지주들로서 최근의 속물적인 소러시아인들과는 전혀 다른 사람들이다. 그들은 제대로 살림을 돌보지 않아 집안 물건이 사라져도 전혀 눈치채지 못한다. 손님을 위해 산다고 해도 과언이 아닐 정도로 손님 접대에 진심을 다하는 이들에게서는 소러시아의 따사로운 환대가 느껴진다. 비록 하루 종일 하는 일이라고는 먹는 것뿐이지만, 그들의 선량함과 친절함, 그리고 서로에 대한 애착은 결코 조소의 대상이 될 수 없다. 그런데 이 조용한 그들의 영지에도 악마의 힘이 뻗치기 시작한다. 야생 고양이들의 꼬임에 넘어가 집을 나갔던 고양이가 숲에서 돌아왔다가 다시 도망쳐버린다. 고양이는 집안에 죽음을 불러들인다. 플리헤리야 이바노브나는 자신이 죽을 징조라고 생각하고 실제로 죽어버린다. 그리고 5년이 지나 다시 찾은 영지에서는 아파나시 이바노비치가 이미 죽은 것이나 다름없는 생존만을 영위하고 있을 뿐이다. 그 역시 고요하고 태양이 밝게 빛나는 날 자신을 부르는 아내의 목소리를 듣고 죽음을 예감하며, 얼마 후 '초와 같이 녹고 꺼져버린다.'

이들 노부부의 사랑은 인간 안에 있는 아름다운 것에 대한 고골의 믿음을 보여준다. 플리헤리야 이바노브나는 자신이 죽는 것에 대해서는 전혀 슬퍼하지 않고 혼자 남겨질 남편에 대해서만 걱정한다. '그녀는 그때 그녀를 기다리고 있는 그 위대한 순간에 대해서도, 자신의 영혼에 대해서도, 자신의 미래에 대해서도 생각하지 않았다. 그녀는 오직 평생을 함께 해온 자신의 가련한 동반자, 이제 의지할 데 없고 보호받을 데 없이 남겨지게 된 사람에 대해서만 생각했다.' 아내의 죽음에 감각을 잃고 장례식에서 눈물을 흘리지도, 슬픔을 표현하지도 못하는 아파나시 이바노비치, 장례식에서 돌아와서야 눈물을 쏟아내는 그의 모습에서 독자들은 가슴 한켠이 묵직하게 아려오는 것을 느낀다. 그는 사랑하는 여인을 잃어 몇 번이나 자살 시도를 했지만 일 년 후에 아내를 맞아 행복하게 살고 있는 남자와 대조된다. 아내를 잃은 지 5년이 지나서도 그의 눈에서는 시냇물처럼, 분수처럼 눈물이 흐른다. 충격을 받은 화자는 '우리에게 더 강력한 힘을 발휘하는 것은 무엇일까? 정열일까 아니면 습관일까?'라고 질문한다. 그리고 이렇게 말한다. '이때 내게는 우리의 모든 정열이라는 것이 이 길고 느리고 거의 무감각한 습관에 비교해 볼 때 유치하게 느껴졌다.' 고양이가 불러들인 악한 힘은 두 사람을 갈라 놓았지만 그들의 사랑까지 꺼지게 하지는 못한다. 비록 그 사랑이 습관적인 것일지라도, 그것은 어떤 낭만적인 정열보다 우월하다. 자신의 죽음을 두려워하지 않는 두 사람의 사랑은 이미 죽음을 뛰어넘은 것이나 다름없다. 푸쉬킨도 이 목가적인 작품을 읽고 매우 감동했다고 전한다. 이 작품은 산문적인 것과 시적인 것의 조화, 부질없이 흘러가는 것과 영원한 것 사이의 균형을 보여주는 탁월한 걸작으로 작품을 읽고 난 후의 감동은 쉽사리 지워지지 않는다.

「비이」

「비이」는 1833년에 쓰여지기 시작했다. 러시아 문학에는 흔치 않은 고딕소설적인 요소를 가지고 있는 이 소설은 영화로도 제작될 만큼 대중적으로 인기 있는 작품이다. 이 작품에서 고골은 아름다움 속에 있는 악이라는 주제에 접근하고 있다. 아름다움 속에 악이 존재할 수 있을까. 고골은 그 가능성을 믿었던 것 같다. 특히 그는 여성의 아름다움에 대한 두려움을 가지고 있었다. 그렇지 않고서는 「비이」 같은 작품이 탄생하지 못했을 것이다.

소설의 주인공인 철학생 호마 부르트는 심지어 자연의 아름다움 속에서조차 '뭔가 괴롭고 불쾌하면서도 동시에 그의 심장을 조여오는 달콤한 감정'을 느낀다.' 기괴한 노파를 등에 태우고 하늘을 날면서 펼쳐지는 소러시아 밤의 풍경 묘사는 매혹적이기 그지없다. '눈을 뜬 채 잠을 자고 있는 것 같은' 자연 속에서도 호마는 불길한 악의 힘을 감지한다. 러시아 민속에 구전되어온 루살카까지 등장하는 몽환적인 분위기에서 '그는 악마 같은 달콤한 감정과 가슴을 찌르는듯한 괴로우면서도 무서운 쾌락'을 느낀다. 이 모든 감정을 그가 느끼는 것은 그의 등에 올라탄 노파가 여성이면서 뭔가 악한 힘과 연관되어 있기 때문이다. 그 악한 힘이 자연에까지 영향을 주는 것으로 경험되는 것이다. 그는 공포를 느끼며 결국 노파의 등에 거꾸로 올라타 그녀를 때려 숨지게 한다. 그런데 그가 죽인 것은 노파가 아니라 너무나 아름다운 미녀였다. 죽은 미녀를 보고 '그는 자신을 사로잡은 이상하고 새로운 감정이 무엇인지 도저히 설명'하지 못한다. 아름다움은 그에게 수수께끼고 아름다움 앞에서 그가 느끼는 감정은 이성적으로나 논리적으로 설명 불가한 것이다.

죽은 미녀가 카자크 수령의 딸임이 밝혀지고 호마는 그녀의 영혼을 달래주기 위해 호출된다. 그러나 그녀가 호마를 부른 것은 복수하기 위한 것이었다. 카자크 수령이 사는 마을의 묘사도 매우 디테일하고 아름답다. 『미르고로드』 전반에 걸쳐 고골 언어가 지닌 시적인 특성은 자연묘사에서 그 빛을 발한다. 호마는 미녀의 시신에서 무섭고 가슴을 찌르는 듯한 감정과 영혼이 아프게 쑤시는 것을 느낀다. 죽은 후에도 변치 않는 그녀의 아름다움이 주는 공포, 그리고 자신이 그녀를 죽인 장본인이기 때문에 느끼는 양심의 가책이 결합된 것이다. 사람들이 해주는 미키타 이야기는 호마의 상상력을 더욱 부채질한다. 미키타는 말 그대로 주인 아가씨에 대한 정열에 몸이 타버린 인물이다. 한마디로 아름다움이 불러 일으킨 정열은 사람을 태워죽일 정도의 위력을 가지고 있는 것이다. 그러니 무섭지 않을 수 있을까. 호마가 삼일 밤 동안 퇴락한 교회 안에서 벌떡 일어나 그를 쫓아오는 시체에게 잡히지 않기 위해 기도문을 읽으며 공포와 싸우는 장면의 묘사는 손에 땀을 쥐게 할 정도로 실감난다. 영화에서도 이 장면을 보면 등골이 서늘해진다. 호마는 이틀밤을 버티지만 결국 삼일째 밤에 등장한 괴물 비이의 눈을 보고 극도의 공포 속에서 숨을 거두고 만다. 비이는 아름다운 존재가 아니라 오히려 극도로 추악한 존재다. 비이의 등장은 악의 현현이라 할 수 있다. 그 존재가 불러일으키는 공포는 이미 모든 기력을 다 소진한 그의 숨통을 끊어놓는다. 그의 죽음에 대한 소문을 들은 철학생 티베리 고로베츠는 그가 두려워서 죽은 것이라고 해석한다.

이 작품에서 고골은 여성의 아름다움이 왜 무서운 것인지 규명하지 않는다. 어쩌면 아름다움은 규명될 수 없기 때문에 인간에게 두려움을 자아내는지도 모른다. 그러나 그는 왜 호마가 두려움을 극복하지 못했는지에 대해서는 충분한 단서를 주고 있다. 이 작품에는 고골이 창작 초기부터 관심을 가지고 있었던 금욕주의의 모티브가 상당 부분 포진되어 있다. 호마 부르트는 키예프 신학교 학생으로서 독자들은 그가 마땅히 몸과 영혼의 순결을 유지하기 위해 자신을 훈련할 것이라 기대한다. 그러나 호마 뿐 아니라 신학교의 대다수 학생들은 금욕과 전혀 거리가 먼 생활상을 보여준다. 싸구려 담배와 보드카를 좋아하고 패싸움과 탐식을 즐기는 그들은 전혀 신학교 학생답지가 않다. 호마 역시 여자들에게 농지거리를 하고 수상한 방법으로 음식을 얻어먹으며 선술집에서 태평스레 즐기는 등 금욕과는 상관없는 삶을 산다. 그는 교회 안에서 담배를 피울 수 없는 것을 아쉬워하고,

하룻밤을 지낸 후 보드카를 마시고 새끼 돼지를 통째로 먹는다. 둘째 밤을 지내고 나서는 도망치다 실패하자 될 대로 되라는 식으로 악사를 불러 춤을 추기까지 한다. 그런 그가 무슨 능력으로 악마와의 싸움에서 승리를 거둘 수 있겠는가. 삶 속에서 금욕적인 훈련을 전혀 실천하지 않았기에 그는 기계적인 기도문의 암송만으로는 두려움을 극복할 수도, 악마를 물리칠 수도 없었던 것이다. 만약 호마가 신학교 학생의 본분답게 평소에 수행과 정진에 열심을 냈다면, 소설은 어떤 결말을 맺게 되었을까? 이 작품을 통해 고골은 금욕주의의 이상에서 너무나 멀어져 있는 당시 키예프, 어쩌면 우크라이나와 러시아 전체의 참담한 영적인 상황을 개탄하고 참된 영성의 회복을 촉구하고 싶었을 것이다. 호마의 안타까운 죽음은 버려진 교회가 상징하듯 영성이 상실된 당대 현실에 내리는 작가의 심판이었는지도 모른다.

「이반 이바노비치와 이반 니키포로비치가 싸운 이야기」

이 작품은 1833년에 쓰였다. 1834년에 스미르딘이 발행한 『노보셀리예』라는 작품집에 실렸는데, 작품의 일부가 검열에 의해 삭제되었다고 한다. 이 일은 당연히 고골의 분노를 자아냈지만, 원고가 분실되는 바람에 삭제된 부분은 후에도 복구할 수가 없었다. 1835년에 이 작품은 『미르고로드』에 다시 수록되었다. 반동적인 비평계는 이 작품을 매우 적대적으로 맞이했지만, 푸쉬킨과 벨린스키는 반대로 높이 평가했다고 한다. 원고 상태로 작품을 접했던 푸쉬킨은 "매우 독창적이고 아주 우스운 작품"이라고 자신의 일기에 기록했다. 벨린스키는 고골이 당대 일상적인 삶의 그림을 진실되고 심오하게 묘사했다고 평했다. 그는 이 작품에 대해 "인류에 대한 이 생생한 풍자에 나타난 그 어리석음과 보잘것없음, 바보스러움은 우리를 울 지경까지 웃게 한다. 놀라울 정도다. 그러나 그 후에는 이 바보들을 진심으로 동정하게 하고 뭔가 깊은 슬픔을 품은 채 그들과 헤어지게 만든다. 그리고 우리도 "여러분, 이 세상에 산다는 것은 지루하군요!"라고 외치게 만든다. 이것은 신성한 예술이다. 바로 이것이 삶이 있는 그곳에 시가 있게 만드는 예술적 재능이라는 거다!"라고 극찬했다.

소러시아의 지주계급뿐 아니라 인류에 대한 풍자로까지 작품의 의의를 확장시킨 벨린스키의 평가에 우리는 동의하지 않을 수 없다. 어디 19세기의 소러시아에만 그런 일이 있겠는가? 인간성 속에는 말도 안 되는 것 같지만 이런 기가 막힌 일을 가능하게 하는 그 무엇인가가 있는 게 아닐까? 둘도 없이 친했던 이반 이바노비치와 이반 니키포로비치가 권총 한 자루, 아니 엄밀히 말하면, '숫거위'라는 명칭 때문에 하루아침에 철천지원수가 되어 버린다. 숫거위라는 단어에는 남성의 섹슈얼리티에 대한 상징적 의미가 내포되어 있기 때문에 이반 이바노비치가 모욕을 느낀 것은 이해할 수도 있을 법하다. 문제는 그다음이다. 거위 우리를 만들어 이반 이바노비치의 화를 더 돋구는 이반 니키포로비치의 행동, 한밤중에 몰래 거위 우리를 파괴해버리는 이반 이바노비치의 광기어린 행동, 그리고 이어지는 고소장 제출, 고소장에 쓰인 서로에 대한 비방과 억측은 도를 지나쳐도 한참 지나친다. 그리고 삼 년이 흘러 그 둘을 화해시키려던 사람들의 노력이 다시 발설된 '숫거위'라는 단어에 물거품으로 돌아간다. 그리고 더 시간이 흘러 미르고로드를 방문한 화자는 아직도 소송을 진행 중인 노인이 된 두 사람을 만나고 회한을 느끼며 도시를 떠난다. 벨린스키의 지적대로 "여러분, 이 세상에 산다는 것은 지루하군요!"라는 화자의 탄식에 독자들도 함께 긴 한숨을 내쉴 수밖에 없다. 그리고 문득 내가 살고 있는 세상은 어떤 곳인지, 나는 사람들과 어떤 관계 속에서 살고 있는지를 반추하게 된다.

목가적이고 정겨움이 가득했던 「구식의 지주들」에서 무시무시한 「비이」의 세계를 지나 러시아의 비평가 크로포트킨[1]이 세계 문학상 가장 희극적인 작품이라고 칭한 이 작품으로 미르고로드의 세계는 끝이 난다. 그러나 이 작품의 결말은 「구식의 지주들」만큼이나 슬프고 「비이」만큼이나 안타깝다. 무의미한 싸움으로 삶을 낭비해버린 두 노인의 모습에서 우리는 정녕 어떻게 살아야 할 것인가를 진지하게 고민하지 않을 수 없다.

마지막으로 「비이」와 이 작품에 나타난 고골의 여성관에 대해 잠시 논하고자 한다. 고골이 「비이」에서 여성을 무섭고 불가해한 존재로 묘사했다는 점은 이미 언급했다. 고골은 여성을 두려워했을 뿐 아니라, 여성 비하적인 태도 역시 가지고 있었던 것으로 보인다. 「비이」에서 '여자들은 우둔한 족속'이라는 도로쉬의 말이나 '키에프 시장의 모든 여자들은 마녀'라는 티베라 고로베츠의 말은 단순히 작중 인물들의 편견 어린 견해는 아닌 듯하다. 이 작품에서도 아가피야 페도세예브나가 이반 니키포로비치에게 하는 역할을 보면, 역시 여자가 화근이라는 생각이 들게 만들기 때문이다. 화자는 '나는 고백하건대, 여자들이 찻주전자의 손잡이라도 되는 것처럼 우리들의 코를 그렇게 솜씨 좋게 잡도록 만들어진 이유가 무엇인지 도무지 이해하지 못한다.'라고 말하면서, 여자에 의해 지배되는 것을 두려워하는 마음과 남자를 멋

---

1 1842-1921년. 러시아의 무정부주의 사상가.

대로 조종하는 여자에 대한 혐오를 은근히 드러낸다. '뒤에 꼬리가 달린 것은 마녀들'이며 '어쨌든 그들은 남성이 아니라 여성'이라는 말 역시 여성 비하적이다. 이렇듯 고골이 작품 속에서 여성을 비하시키는 것은 여성에 대한 설명하기 어려운 두려움을 극복 해보기 위한 나름의 방편이었는지도 모른다.

번역 원서로는 1960년 모스크바 과학아카데미 출판사에서 발행한 5권짜리 고골 전집 중 『미르고로드』가 실린 제 2권을 사용했다. 영역본은 *The Collected Tales of Nikolai Gogol PDF Book by Nikolai Gogol*을 참조했다. 사전에도 없는 단어에 부딪히거나 무슨 의미로 쓴 표현인지 아무리 머리를 굴려도 떠오르지 않을 때마다 기꺼이 도움을 준 경희대학교의 엘레나 브리첸코바 교수에게 깊이 감사드린다. 그녀의 친절한 성품과 뛰어난 검색 능력 덕분에 무사히 번역을 마칠 수 있었다. 집을 떠나 옥천에서 이 작품을 번역하며 보냈던 2020년 가을이 떠오른다. 번역을 하다가 가끔씩 피곤해진 눈을 들 때마다 창밖에서 노랗게 익은 얼굴로 나를 향해 웃어주던 감나무가 지금 불현듯 눈앞에 서 있는 듯하다. 기다림 끝에 출간을 앞두고 있는 지금 우크라이나는 전쟁 중이다. 용맹한 카자크의 후예들이 조국을 수호하는 뜨거운 애국심으로 전 세계를 감동시키고 있다. 고골의 고향이자 이 작품들의 무대인 우크라이나에 속히 평화가 돌아오기를 간절히 기원한다.

니콜라이 고골 연보

1809년 4월 1일 우크라이나 폴타바 현 미르고로드 군 소로친츠이 마을에서 출생했다. 아버지는 바실리 아파나시예비치 고골 야노프스키, 어머니는 마리야 이바노브나 코샤롭스카야였다. 양친 모두 우크라이나의 소지주였다. 이후 가족이 정착하게 된 바실리예프카 영지에서의 경험은 『지칸카 근교 야화』에 반영되었다.

1821년 키예프의 북쪽에 위치한 도시 네진의 9년제 기숙학교인 김나지움에 입학했다. 시와 희곡을 쓰기 시작했으며 교내 연극 써클에서 배우로 활동했다.

1825년 부친이 사망했다. 어머니는 고골이 학업을 마칠 수 있도록 끝까지 지원했다.

1828년 네진 김나지움을 졸업하고 성공을 꿈꾸며 상트 페테르부르크로 올라갔다. 연극 배우가 되려고 시도했으나 실패했다.

1829년 하급관리가 되어 일년 반 동안 근무했다. 관리 생활은 고골에게 견딜 수 없이 힘든 것이었으나, 이때의 경험이 페테르부르크 이야기들의 소재로 쓰이게 된다. 알로프라는 필명으로 『한스 큐헬가르텐』이라는 작품을 발표했다. 부정적인 평가에 실망한 그는 출판된 책을 모두 사들여 불태웠다. 한달 동안 독일로 떠났다 페테르부르크로 돌아왔다.

1830년 『조국수기』에 「이반 쿠팔라 전야」가 발표되었다.

1831년 쥬콥스키, 푸쉬킨 등과 교류하기 시작했다. 『지칸카 근교 야화』 1부가 출간되어 비평가들와 독자들에게 모두 큰 반향을 일으켰다.

1832년 『지칸카 근교 야화』 2부가 출간되어 역시 성공을 거두어 문단에 확고한 입지를 다지게 된다.

1834년 페테르부르크 대학교 역사학부 교수가 되었으나 일 년만에 그만두고 창작에 전념한다.

1835년 『미르고로드』와 『아라베스키』 출간으로 고골의 문학적 명성은 더욱 확고해진다.

1836년 희곡 「검찰관」을 발표하고 무대에 올렸다. 이 작품은 러시아 사회에 큰 반향을 일으켰는데, 희곡에서 묘사된 러시아 현실에 대해 비평계의 의견은 첨예하게 갈라졌다. 자신의 의도와 다른 평가들과 창작 활동에 지친 고골은 외국으로 여행을 떠나기로 결심한다. 독일, 스위스, 프랑스 등을 거쳐 1837년에 로마에 정착하여 10년 이상의 세월을 러시아 밖에서 보내게 된다.

1842년 해외에서 완성한 장편소설 『죽은 혼』 1부를 모스크바에서 출간했다. 단편 「외투」를 발표했다. 다시 해외로 떠나 종교적 추구에 몰두하게 된다.

1845년 정신적인 위기를 맞아 유언을 쓰고 『죽은 혼』 2부를 불태웠다. 수도원에 들어가 수도사가 되고자 했지만 뜻이 이루어지지 않았다.

1847년 친구와 지인들에게 썼던 글을 모아『친구들과의 왕복서한』이라는 제목으로 출간했다. 설교적인 톤과 보수적이고 교훈적인 내용으로 벨린스키를 비롯한 비평가들의 거센 비판에 직면하게 된다.

1848년 팔레스타인과 콘스탄티노플을 방문하고 러시아로 돌아왔다. 이때의 경험에 대해 고골은 "주님의 무덤에서 나는 내게 얼마나 많은 자기애와 자만심이 있는지 느꼈다."고 썼다.

1849년 그 이전부터 서신으로 교류하던 정교 사제 마트베이 콘스탄티놉스키와 만났다.

1850년 옵티나 수도원을 방문했다.

1851년 가을부터 모스크바에 거주하던 친구인 알렉산드르 톨스토이 집에서 기거하기 시작했다.

1852년『죽은 혼』2부 작업을 지속했다. 점점 건강이 악화되던 중 호먀코프 아내의 죽음이 준 충격으로 죽음의 공포에 휩싸이게 된다. 1월부터 그를 방문한 마트베이 사제에게『죽은 혼』2부 원고를 보여주었으나, 사제는 원고를 없애버리라고 충고했다. 고골은 단식을 시작했고 집밖을 나가지 않았다. 2월 11-12일 사이 밤에『죽은혼』2부 원고를 소각했다. 고골은 친구들의 만류에도 단식을 계속했고 2월 21일 새벽 신경쇠약과 극심한 탈진으로 사망했다. 그의 유해는 모스크바 다닐로프 수도원에 매장되었다가 1931년 노보제비치 수도원으로 이장되었다.

니콜라이 고골

19세기 러시아의 대표적인 소설가이다. 우크라이나에서 출생했으며, 페테르부르크에서 작가로 출발했다. 당대 러시아의 현실을 특유의 유머와 비판적인 시각으로 그려내어 비판적 리얼리즘의 대가로 불리게 되었다. 초기에는 우크라이나의 이야기를 다룬 작품들을 주로 발표했고, 중기 이후에는 페테르부르크를 비롯한 러시아 사회 전반의 부조리한 현실을 환상적이고 그로테스크하게 묘사했다. 말년에는 종교적 광기로 스스로 몸을 해쳐 자살에 가까운 죽음에 이르게 된다. 대표작으로는 『지칸카 근교 야화』, 『미르고로드』, 『페테르부르크 이야기』, 『검찰관』, 『죽은 혼』 등이 있다.

옮긴이 허선화

고려대학교 노어노문학과를 졸업했고 같은 대학교 대학원에서 문학석사를, 페테르부르크 러시아 문학 연구소에서 문학박사 학위를 받았다. 현재 한남대학교 탈메이지교양교육대학에서 강의하고 있으며, 도스토옙스키와 톨스토이에 대해 정교, 심리학, 젠더 문제 등을 다룬 논문을 주로 썼다. 역서로는 『교회는 하나다』, 『러시아 신학의 여정 1,2』, 『교리신학연구』, 『카라마조프 형제들』 등이 있다.

달섬 세계고전 26

구식의 지주들

지은이 니콜라이 고골
옮긴이 허선화
펴낸이 김동원
펴낸곳 달섬

초판 1쇄 인쇄 2022. 6. 5
초판 1쇄 발행 2022. 6. 10

달섬 전라북도 전주시 완산구 어진길 32 (풍남동2가)
전화 (063) 219-5319~5322
FAX (063) 219-5323
출판등록 2012년 8월 20일 제465-2012-000021호

값 10,000원

ISBN 979-11-6372-155-0   04890
ISBN 979-11-6372-001-0(세트)   04080

'달섬'은 전북대학교출판문화원의 임프린트입니다.